グッバイ宣言

三月みどり
原作・監修：Chinozo

はじめに

この度は本作をお手に取っていただきありがとうございます。

ボカロPの、Chinozoと申します。

今回、私の「グッバイ宣言」という楽曲を、作家の三月さんに小説化していただきました。

本楽曲は当初、まさか小説化がされるなんてことを全く想定していなかったのですが、私が曲に込めた思いを軸に、小説として作り上げていただきました。

イラストも原曲MVのイラストレーターであるアルセチカさんに、1から描いていただきました。

感無量です……！

本作は、あくまでグッバイ宣言が小説の世界だったらこうなるだろうとして

Goodbye sengen

作り上げた後発のお話になるので、楽曲の世界観とは異なりますが、一つの作品としてぜひ楽しんでいただけると幸いです!!

改めまして、この楽曲を元々好きでいてくださった方、あるいはこの本を通じて初めて知ってくださった方、全ての方にお礼申し上げます。ありがとうございます!

それでは小説「グッバイ宣言」を、ぜひ!!

[原作・監修]Chinozo

[口絵・本文イラスト]アルセチカ

○プロローグ

将来の夢は？


こう訊《き》かれた時、すぐに答えられる人はどれくらいいるだろう。

もし回答者が幼稚園児や小学生なら、全員が即答できるかもしれない。

なぜなら、彼ら彼女らは希望に満ち溢《あふ》れているからだ。

子供はなんにでもなれるとかどこかの誰かが言っていたけど、本当にその通りだと思う。

僕も小さい頃は「プロサッカー選手になりたい」とかよく言っていた。

リフティングの一回すらもできやしないのに。

でも、年を重ねていくにつれて段々とわかってくるんだ。

夢なんて持っても、ほとんどの人は叶《かな》えられないって。

実際、高校生の僕が今からどれだけ頑張ったとしても、絶対にプロサッカー選手にはなれないだろう。

そして、徐々に気が付いてくる。

たぶん僕はこのまま何となく大学に進学して、一般企業のサラリーマンになって、好きな人ができて、運が良ければ付き合って、結婚して、子供作って……みたいな普通の人生を送るのかなって。

先に言っておくけど、普通の人生が嫌なわけじゃない。

むしろ、普通の人生を送れたら十分幸せだと思っていたし、よっぽどのことがない限り、そういう人生から逸《そ》れることはないだろうと思っていた。


しかし、高校最後の春。

やることなすこと無茶苦茶《むちゃくちゃ》でとても普通とは言えない彼女に出会ったことで、僕の人生は大きく変わってしまったんだ——。

第一章　出会い

四月中旬。桜のシーズンが終わりを迎えている頃。

新学期が始まって今日で一週間になる。

入学して間もない一年生たちは、少しずつ高校生活に慣れ始めて、進級してクラス替えをした二・三年生の生徒たちも、各々クラス内での自分のポジションだったり、所属するグループだったりが決まっていることだろう。

一方、僕——桐谷翔《きりたにかける》も今年で高校三年生。

高校生活最後の年なので本来は色々と忙しいはずなんだけど……実は新学期になってまだ一回も学校に行っていない。

じゃあ学校に行かずに何をしているかというと——。

「よし、あと1キルで念願の20キルだ」

時刻は朝の七時過ぎ。僕はいま日本でやたらと流行《はや》っているシューティング系のバトルロイヤルゲームをやっていた。

始めたのは春休み頃からで、ここ一週間は自室に引きこもってこればかりをプレイしている。故に学校に行けていない。

「ちょっとお兄ちゃん！　昨日も夜中までゲームして……って、またゲームしてるの⁉」

不意に扉を開けて入ってきたのは、僕の妹――桐谷桃花《ももか》だった。

今年で中学二年生になった桃花はごくごく平均的な顔の僕とは違って、可愛《かわい》らしく学校ではモテモテらしい。お兄ちゃんに似なくて良かったね。

「おはよう桃花。いまお兄ちゃんちょっと忙しいから話なら後にしてくれる？」

「それのどこが忙しいの？　ゲームしてるだけじゃん」

「ゲームにも忙しい場面はあるの。普段ゲームをしない桃花にはわかんないだろうけどね」

僕はたったいま非常に大事な局面を迎えていた。

このバトルロイヤルゲームを始めて約一カ月。

目標だった20キルまであともう一歩なんだ。

だから桃花には悪いけど、いまは妹の話なんて聞いている場合じゃ――。

「えい」

ぶちっ、という音と共にテレビ画面が真っ暗になった。

……あれ？　一体何が起こったの？

「まったく。昨日、深夜までゲームやって朝もゲームしてるとかバカなんじゃないの」

そう話す桃花の手にはゲーム機のプラグが握られていた。

「桃花ちゃん⁉　お兄ちゃんゲームで忙しいって言ったよね⁉」

「だからこれで忙しくなくなったでしょ」

「いや、それはそうなんだけど……」

あぁ、僕の20キルが……。

「それよりお兄ちゃん、今日は学校行きなよ」

「安心して妹ちゃん。お兄ちゃんはまだ学校には行かなくても大丈夫なんだ」

得意げに答えると、桃花《ももか》がジト目を向けてくる。

「……まさかお兄ちゃん、今年も単位ギリギリまでしか授業受けないつもりなの？」

「もちろんそのつもりだけど」

高校に入学して以来、僕は毎年単位を落とさない程度にしか授業を受けていない。

理由はまあ色々あるんだけど、簡潔に説明してしまうと学校に行くのが面倒だから。

学校には行った方が良いという一般論があるけれど、僕は全くそうは思わない。

そもそも学校に行って授業を受けたところで、将来役に立つことってほぼないし。

微分積分とか古文とか社会に出て使う時ってあるだろうか？

ぶっちゃけ学者にでもならない限り、ほとんどの人は使わないと思う。

つまり、学校の授業を受けてる時間は九割くらい無駄ってことだ。

まあ部活に入ってて、部活が楽しいから学校に行くっていうのはわかる。

でも僕は残念ながら部活にも入ってないし、何なら友達もほとんどいないから友達と話すために学校に行くとかもない。

そんな僕が果たして学校に行く意味ってある？　むしろ学校に行かないことが正しいとまで言える。

そういうわけで僕は必要最低限しか学校に行かないし、登校しない日は今みたいにゲームしたり、漫画読んだりダラダラしながら過ごしている。

「あのさお兄ちゃん。今年が高校生活最後なんだよ。最後くらいちゃんと学校行きなよ」

「何言ってんだよ。最後だからこそ、今年も留年しない程度に頑張るんだろ。初志貫徹って言葉知ってるか？」

そう言うと、桃花は呆《あき》れたようにため息をつく。

「……はぁ。なんで私のお兄ちゃんってこんなかっこ悪いんだろう」

「顔は父親似だから父さんに言ってくれ」

「誰も顔の話なんてしてないよ。たしかに顔もかっこ悪いけど……」

「妹なのに容赦ないなぁ」

なあ父さん、僕たちは二人ともかっこ悪いってさ。

「とにかく今日は学校に行った方がいいよ」

「だから、まだ行かなくても大丈夫なんだって」

「そうしないとお母さんがお兄ちゃんのゲームも漫画も全部捨てるって言ってたから」

「……本当に？」

恐る恐る訊《たず》ねると、桃花《ももか》はこくりと頷《うなず》いた。

「まあゲームも漫画も捨てられて良《い》いなら学校に行かなくてもいいんじゃない。私はちゃんと伝えたからね」

そう言い残して、桃花は僕の部屋から出て行った。

僕は自分の部屋をぐるりと見回す。数十本のゲームソフトと数十冊の漫画たち。

もし今日学校に行かなかったらこれが全部捨てられるのか……。

「……さて、支度でもしよう」

それから約一カ月ぶりに制服に腕を通す。

新学期が始まって七日目。

僕は初めて登校することにした。

◇◇◇

「母さん、ガチでゲームも漫画も捨てる気だったな」

あれから登校の準備をしてリビングに行ったら、普段はどっかの会社の事務で働いている母親が今日は仕事が休みらしくゴミ袋をたんまりと用意していた。

どうせ僕が学校に行かないだろうと思って、予《あらかじ》めスタンバっていたらしい。

母よ、自分の息子を少しは信用してくれ……。

「桜はもう咲いてないか……」

僕が通っている高校――星蘭《せいらん》高校の近くには校門まで続く道のりに桜がずらりと植えられている。

だが、既に桜は全て散っていた。始業式の時にちゃんと登校していたら、もしかしたら咲いていた桜を見れていたかもしれない。

……でも、個人的にはそんな理由で学校に行く気になんてならないので、後悔は微塵《みじん》もない。桜を見るより家でゲームしたり漫画読んだりしてる方が楽しいし。

「よう！　翔《かける》じゃん！」

後ろから肩をポンポンと叩《たた》かれた。

振り返ると、そこには爽やか系のイケメンが一人。

まるで少女漫画に出てきそうな雰囲気を身に纏《まと》っている。

「なんだ修一《しゅういち》か」

「なんだよそれ、反応うっす」

つまらなそうに見る僕に対して、ケラケラと面白そうに笑っているイケメン。

彼の名前は天久《あまひさ》修一。

僕と同学年であり、同じ中学出身。

そして、友達がほとんどいない僕の唯一の友達だ。

「今年初の登校だよな。去年は二年生に上がっても二週間は学校に来なかったのに、今年は早いじゃん」

「……まあね。今日学校に行かなかったら母さんにゲームも漫画も全部捨てられるんだよ」

「まじかよ！　それ超ウケるな！」

「……全然ウケないけどね」

冷静に返しても、修一《しゅういち》はまだ笑っている。こいつバカにしてんのか。

「まあ何にせよ。お前が学校に来てくれて俺は嬉《うれ》しいよ」

「それ、すごく嘘《うそ》くさい」

「いやいや、まじで嬉しいって思ってるって」

修一はニコニコしながら肩を組んでくる。

「暑苦しい、止《や》めて」

「なんだよ、照れんなって」

「照れてないし」

肩から修一の腕をどかすと、僕は歩き出す。

すると、すぐに修一も隣に並んできて、

「残念ながら今年は俺と翔《かける》、同じクラスじゃなかったわ」

ぽつりと呟《つぶや》くように言った。

「……そっか」

「そんな寂しがんなよ」

「はい？　寂しがってなんかないし」

そう言っているのに、修一はニヤニヤしている。こいつ、ムカつくわー。

「その代わりと言っちゃなんだけど、お前と同じクラスにあの子がいるぞ」

「あの子？　って誰のこと？」

「聞きたいか？」

「いや、そこまで興味ないけど」

「そうかそうか、そんなに聞きたいなら、この修一くんが特別に教えてあげよう」

「修一には耳がついてないの？」

呆《あき》れたように言葉を返しても、彼は構わず話を続ける。

やっぱり彼には耳がついてないみたい。

「お前と同じクラスにいるあの子っていうのはな――」

修一はもったいぶった口調で言いつつ、こう続けた。

「七瀬《なせ》レナだよ」


その名前を聞いた瞬間、きっと僕は少し嫌そうな顔をしていたと思う。

何故《なぜ》なら、七瀬レナは学校一の問題児として有名だからだ。ほどほどにしか学校に行かない僕でも知ってるくらいに。

同じクラスになったことがないから容姿もぼんやりとしかわからないし、直接話したことがないからどんな人かもよくわからない。

……でも、頻繁に流れてくる彼女の噂《うわさ》は結構とんでもない。

一年生の時にレナフェスティバルという謎のゲリライベントを無断で始めたとか、体育祭のあとに夜のグラウンドで校内の生徒を集めて勝手にキャンプファイヤーをやったとか、他にもこんな話がまだまだある。

「良かったな翔《かける》、校内で一番の有名人と同じクラスになれて」

「どこがだよ。全く良くないでしょ」

「わからないぜ。もしかしたら学校に来るのが楽しくなって、毎日登校したくなるかもな」

「絶対にないね」

むしろ、そんな問題児が一緒のクラスだったら、いま以上に学校に行きたくなくなるかもしれない。

「中学からの友人としては、そろそろちゃんと学校に来て欲しいんだけどなぁ」

「結局またその話か。嫌だって言ってるでしょ」

悩ましげに口にする修一《しゅういち》に、僕はきっぱりと言い放った。

そもそも一年生の時も二年生の時も最低限しか学校に行ってなかったのに、今更、真面目《まじめ》に学校に通ってもって感じだし。

「翔さ、中学の時は普通に学校通ってたじゃん。なんで高校生になった途端、そんな風になっちゃったんだよ？」

不意に修一から質問を投げられた。

「だから言ってるじゃん。学校に行くのが面倒になったんだよ」

「いつもそうやって答えるけど、それ絶対嘘《うそ》じゃん」

「あのね修一、学校に行かなくても高認受かれば高卒にはなれるし、そしたら大学受験だってできる。たとえ高卒でも就職できるところだって割とあるし……世の大人たちは学校に行かなきゃ人生終わりみたいな言い方するけど、全くそんなことないから」

「それはそうかもしれんけど……」

僕が長々と説明をすると、修一は苦笑を浮かべた。

あれこれと言ったけど、僕だって学校にはちゃんと行った方が良いことくらいわかってる。どっかのメンタリストが話してたけど、学校に行かないとコミュニケーション能力が身につかなくて困るらしいし。

まあそれでも僕は学校に毎日通ったりはしないけど……。

だって色々と疲れるから。わかる人にはわかると思うけど。

「翔《かける》さぁ、これでも俺はお前のこと心配してるんだぞ」

「気持ちは嬉《うれ》しいけど余計なお世話だから。っていうか、どうでもいいこと話してると学校に遅刻するよ」

「……へいへい、わかったよ」

諦めたように呟《つぶや》く修一《しゅういち》。

それから彼はいきなり新入生の女の子に告られた話とか、始業式で校長のカツラが取れかかっていた話とか、別の話題を話し始めた。

こうやってこっちの空気を察して、踏み込まずにいてくれるのは非常に助かる。

控えめに言って、僕にはもったいない友達だ。

本人に伝えたら調子に乗りそうだから、こんなこと絶対に言わないけど。

それから僕たちは他愛《たあい》もない会話を交わしつつ、散った桜並木の道のりを歩いた。

◇◇◇

昇降口で上靴に履き替え、僕は一人で自分のクラスの教室に向かっていた。

ちなみに修一は校門前で、偶然、一年生の時から付き合っている彼女と会って、先に二人で自分たちのクラスに行った。修一と彼女は同じクラスらしい。

修一からはクラス違うけど途中まで一緒に行こうぜ、と言われたけどさすがに断った。僕がいたら明らかに邪魔になるからな。


「七瀬《ななせ》がきたぞ！」


不意に男子生徒のそんな声が聞こえた。

ついでに、ついさっき聞いたばかりの名前が耳に入ってくる。

気になって振り返ると、そこには制服のブラウスの上に白のパーカーを着こなしている女子がいた。肌は白く、髪は茶色に染めて肩口あたりまで伸ばしている。

綺麗《きれい》な顔立ちをしているけど、可愛《かわい》さも兼ね備えており、ぶっちゃけかなりの美少女だ。

「レナちゃんおはよ〜！」

「昨日も職員室に呼ばれたらしいな！」

「さすが七瀬だぜ！」

「レナちゃん今日も可愛いね〜！」

「今日も何かやらかしてくれよな！」

廊下ですれ違う男女の生徒たちに次々と声を掛けられるパーカー美少女。

「みんなおはよ！　今日も私は目一杯、学校生活を楽しむからみんなよろしく～！」

彼女は愛想よく笑いながら、生徒たち一人一人に手を振っている。

パーカー美少女には美少女にありがちな近づきにくい空気はなく、むしろ親しみやすい雰囲気を身に纏《まと》っていた。

なるほど……。あのパーカー美少女が七瀬《ななせ》レナなのか。

いま初めてはっきりと彼女を見た気がする。まさかあんな美少女だったなんて……。

ところで、彼女がブラウスの上から着ているパーカーは完全な校則違反。

でも、全校生徒の中で彼女のみパーカーの着用が黙認されている。

……というのも、当然ながら七瀬がパーカーを着て登校してきた当初は教員に注意されたり没収されたりしていたんだけど、それでも七瀬は毎日ずっと同じパーカーを着続けてきたから、教員たちが皆そろって匙《さじ》を投げたらしい。

凄《すさ》まじい執念だよな。そんなにパーカーにこだわりがあったのか。

加えて、七瀬レナには熱狂的なファンがいる。

たったいま彼女に声を掛けているような連中のことだ。

七瀬は一年生の頃から数々の問題行動を起こしてきた。

しかしそれが一部の生徒のツボにハマり、熱烈な七瀬《ななせ》ファンを生み出しているらしい。

これはさっき修一《しゅういち》から聞いたことだけど、既に新入生にも何人かファンがいるとか。

たった一週間でどんなことしたらそうなるんだ……。

「七瀬のやつ、相変わらずめっちゃ調子乗ってんじゃん」

「マジそれな」

「チヤホヤされてアイドル気取りかっつーの」

「問題ばっか起こしてる癖にアイドルとかウケるんですけど」

一方、傍《そば》で男女四人組がバリバリに七瀬の悪口を言っていた。

熱狂的なファンがいるということは、逆に強いアンチがいてもおかしくない。

七瀬は良くも悪くも目立つ生徒なんだから。

「高校最後の年に、よりによってなんで七瀬と同じクラスなんだ……」

ため息混じりに呟《つぶや》く。面倒なことが起きなきゃいいけど……。

それからファンたちと話している七瀬に背を向けて、僕は先に教室へと向かった。

◇◇◇

教室に着いてドアを開けると、クラスメイトたちが各々のグループで談笑していた。

もう新しいクラスになって一週間になるので、ほとんどの人は自分に適した居場所を見つけているだろう。

対して、一週間遅れで初登校した男にはそんな居場所なんて全くないわけだけど。

僕は掲示板に貼られている座席表で自分の席を確認したあと、あまり目立たないように移動する。変に目立つと、こいつ今まで学校来てなかったやつじゃね？ってなって、すごく気まずくなるから。

「……まじか」

順調に移動していた僕だけど、自分の席の近くまで行って絶望した。

知らない男子生徒が僕の席に座っていたんだ。

さらに彼は友達であろう後ろの男子生徒と楽しそうにお喋《しゃべ》りしている。

……さてどうしよう。自分の席に座っている男子生徒に僕が「そこ僕の席なんです」と一言いえば解決するように思えるけど、そう簡単じゃないのが学校というもの。

男子生徒はスポーティーなヘアスタイルでいかにも体育会系って感じだし、僕が自分の席を主張しても変に反発されるかもしれない。そうなると非常に面倒だ。

……とすると、ここは一旦廊下に出るかトイレで時間を潰して、男子生徒が僕の席を離れるのを待つか……？

「悪い、俺トイレ行ってくるわ」

そう言って僕の席にいた男子生徒が席を立った。これはチャンスだ。今のうちにさっさと座るしかない。そう思って男子生徒が帰ってくる前に、僕はすぐに自分の席に座った。

男子生徒の友達は少し驚いていたが、特に何も言ってはこなかった。

そして、僕の席に座っていた男子生徒も戻ってくると、目をぱちくりさせて僕を見た。

しかし、彼は今度は近くの空いている席に座って、友達とのお喋《しゃべ》りを再開した。

いやだから他人の席に座ってお喋りするなって。普通に困るから。

そう思ってはいても、なかなか口には出せないんだけど……。

……はぁ、なんで自分の席に座るだけでこんなに気を遣わなくちゃいけないんだ。

そう思いながら、僕は周りをキョロキョロと見回す。

自分のクラスにどんな生徒がいるか確認するためだ。

「俺は無理だわ。部活あるし」

「なんで？　カラオケくらい行ったっていいじゃん。たまには息抜き必要だって」

「大会も近いし休むわけにはいかねーの」

「あたし、めっちゃ歌いたい歌あるんだけど」

「他のやつらと行ってこいよ」

教室の後ろの方。男女五人のグループがいて、その中でも明らかにリーダー的な雰囲気を醸し出しているイケメンと美少女が会話を交わしていた。

僕は二人のことをよく知っている。昨年、彼らとは同じクラスだったからだ。

イケメンの名前は阿久津篤志《あくつあつし》。

修一《しゅういち》みたいな爽やかな感じではなく、ちょっとオラオラ系のイケメン。部活はバスケ部に所属しており、一年生の時からレギュラーで、今はキャプテンでエースらしい。

それゆえよく女子から告白されていると耳にする。素行はあまり良くないらしいけど、女子的にはそれも良いのだとか。全く意味わからん。

そして、美少女の方の名前は綾瀬咲《あやせさき》。

長い黒髪につり上がった瞳。可愛《かわい》いというよりは美人系の容貌で華奢《きゃしゃ》な体躯《たいく》をしている。

しかし、女子のリーダーにありがちな女王様みたいな雰囲気というか、とげとげしい空気を持っており、綾瀬は今朝会った誰かさんとは正反対の美少女だ。

……とまあ僕は二人のことを知ってるけど、彼らとは一言も話したことないし、挨拶すらまともに交わしたことがないから、たぶん向こうは僕のことをたまに学校に来る根暗なやつくらいの認識だと思う。

下手したら、僕と同じクラスだったことも忘れてるかもしれない。

「じゃあ私は咲ちゃんと一緒にカラオケ行く！」

「それなら俺も行っちゃおうかな～」

綾瀬グループの取り巻き二人――鈴木達也《すずきたつや》、高橋涼香《たかはしすずか》が言い出す。彼らとも去年、僕は同じクラスだった。

「達也《たつや》は部活あんだろ。サボるんじゃねーよ」

「篤志《あつし》は本当に部活にだけは真面目《まじめ》ね。芽衣《めい》はカラオケどうする？」

「えっ、わ、私は……」

綾瀬《あやせ》から芽衣と呼ばれた女子生徒は、今まで一言も発してなかった綾瀬たちの最後の取り巻き。苗字《みようじ》は立花《たちばな》だ。

「当然行くっしょ？」

「そ、その……うん」

立花は小さく頷《うなず》く。……あれって本当は行きたくないやつだよな。でも綾瀬の言葉に圧《お》されて仕方がなく頷いているって感じだ。

立花とも二年生の時から同じクラスだけど、彼女は綾瀬グループの中で一番立場が弱く、いまみたいな光景はよく見る。

でも誰も綾瀬や阿久津《あくつ》に逆らえないので、皆見て見ぬふりをしている。もちろん僕も。

スクールカースト的には、たぶん綾瀬グループが一番階級が高いだろう。

阿久津と綾瀬を怒らせたら大変なことになりそうだし、あんまり近づかないように用心しないと……。

「みんなおっはよー！」

唐突に快活な声が教室に響いた。

視線を向けると、ドアの方にパーカー美少女こと七瀬《ななせ》がいた。

こんな風にクラス全員に挨拶するやつ、アニメや漫画のキャラ以外で初めて見たな。

「遅いぞ七瀬！」

「へへっ、実は今日ちょっと寝坊しちゃってさー」

「レナちゃん！　放課後、駅前にできた新しいお店にクレープ食べに行こうよ！」

「クレープいいね！　今日は予定ないし全然良いよ～！」

数人のクラスメイトたちが次々に声を掛けて、それに一つ一つ反応していく七瀬。

どうやらこのクラスにも七瀬ファンがいるらしい。

……というか、このパーカー美少女はコミュ力お化けか。すごいな。

なんて感心していると、七瀬が徐々にこっちに近づいてきて――隣の席に座った。

……まじか。七瀬の席って僕の隣なのかよ。校内にファンもアンチもいる女子の隣なんて何か起こりそうな気がしてものすごく嫌なんだけど。

「おはよ！」

すると、唐突に七瀬から挨拶された。

「えっ、お、おはよう……」

「君って今日が学校来るの初めてだよね？」

挨拶の次には質問された。なんかやたらグイグイ来るなぁ。

「そ、そうだけど……」

「だよね！　これからよろしくね！」

「う、うん。よろしく……」

ニコッと笑いかけられてよろしくされたので、こっちもよろしく返しておいた。

びっくりした。普通、今まで一言も喋《しゃべ》ったことない相手にこんな風に話しかけてくるか？　フレンドリーの度を超えてるぞ。

「レナは今日も随分と調子乗って——じゃなくて、人気者ね」

不意に鋭く冷たい声が聞こえる。声の主は綾瀬《あやせ》だった。

いま明らかに〝調子乗って〟って聞こえるように言ってたな。

「さすが学校一のトラブルメーカーだね！」

「問題ばっかり起こしてるから同じ問題児に人気が出てるんじゃねぇか？」

続いて、綾瀬グループの取り巻きの高橋《たかはし》と鈴木《すずき》は七瀬《ななせ》に追撃したあと、二人ともバカにしたように笑った。

一方、七瀬はかなり悪口を言われてたのに、嫌な顔一つせずにニッコリとしている。

「ありがとう。そんなに褒めてもらえて私は嬉《うれ》しいよ」

「あんた頭悪いの？　いま褒めたんじゃなくてバカにしたのよ」

綾瀬は苛《いら》つきながら言って、七瀬を睨《にら》みつける。

はっきり言うと、綾瀬は七瀬のアンチだ。それも相当な。

この話は学内で七瀬が問題児であることと同じくらい有名な話であり、今まで大して学校に通っていない僕でも知っている。

何でも高校入学して間もない頃から、顔を合わせたらすぐに喧嘩《けんか》するのだとか。

「知ってるよ。でも私は器が大きいからね。しょうもないやつの言うことをいちいち真に受けたりしないの」

「誰がしょうもないやつよ！　他人を舐《な》めるのもいい加減にしなさいよ！」

「舐めてるのはそっちの方でしょ。いちいち私に突っかかってこないでくれないかな？」

言い合っている二人の間に、バチバチと火花が散る。

もう今にもやり合いそうな雰囲気だ。

「そんなダサいパーカー着てよく登校できるわね」

「君の下手くそな化粧よりマシでしょ。アイメイク落ちてるよ」

「えっ……」

綾瀬《あやせ》は焦った様子で手鏡を出して確認する。

しかし、メイクは落ちていない。

「なんてね。冗談だよ」

「っ！　あんたね……!!」

「もう懲りたでしょ。私にちょっかいかけても咲《さき》が損するだけだよ」

「ぐっ……う、うるさいわよ！」

そう言いつつも、綾瀬はそれ以上、七瀬《ななせ》に何か言ったりしなくなった。

今回のところは負けを認めたみたい。というか二人の会話を聞く限り、今日みたいな言い合いはおそらく大半が七瀬の勝ちで終わっているんだろう。

「芽衣《めい》！　今から飲み物買ってきて！」

「わ、私……？」

「そうよ。あたしいま超イライラしてるから早く買ってきて。ミルクティーね」

綾瀬が機嫌悪そうに立花《たちばな》に命令する。

「じゃあ俺は缶コーヒーな」

「俺、炭酸ならなんでもいいわ」

「私は紅茶ね～」

続けて阿久津《あくつ》たちもついでと言わんばかりに、立花に飲み物を買ってくるよう促した。

そろそろ担任も来る頃だし普通なら断る場面だが、綾瀬グループで一番立場が弱い彼女は綾瀬たちの言葉に逆らえない。

だから、ここは自分の立場を守るためにも言うことに従うしかない。

「……わ、わかった」

立花は弱々しく頷《うなず》いて、近くの自販機に行くために教室を出ようとする。

この時、立花は明らかに理不尽な目に遭っていた。

でも、誰も助けようとはしなかった。当然だ。

余計なことして綾瀬や阿久津に目をつけられても嫌だし、たとえ助けようとしたところで返り討ちにあって無駄に終わる可能性だってある。

だからここは空気を読んで何もしないことが正しいわけで――。


「ちょっと待ちなよ！」

教室に通りの良い声が響いた。

驚いて見ると、やはり七瀬だった。

「何よ。レナには別に何も言ってないわよ」

「咲《さき》さ、前から思ってたんだけど立花《たちばな》さんの扱い酷《ひど》すぎじゃない？　友達同士ならもっとフェアにいこうよ」

「は？　あんた何言って――」

言葉の途中、七瀬《ななせ》は席から立ち上がって綾瀬《あやせ》の方へと近づいていく。

そして、バンッと彼女の机の上に手の平を叩《たた》きつけた。

「だから今日は咲がみんなの飲み物買ってきたら？　あっ、私はオレンジジュースね」

七瀬がゆっくりと机から手を離すと、そこには小銭が置かれていた。ちょうどジュース一本分の金額だ。

「……レナ、いい加減にしなさいよ」

「いい加減にするのは咲の方でしょ。君が飲み物買いに行くか、立花さんに飲み物を買いに行かせるのを止《や》めるか、どっちか選びなよ」

お互いに見合う七瀬と綾瀬。

だが、先ほど言い合っていた時とは場の緊張感が段違いだった。

「おい七瀬、黙って聞いてりゃ勝手ばかり言ってんじゃねぇぞ」

ここで阿久津《あくつ》も乱入してくる。

単純に自分たちのことまで突っ込んでくる七瀬に腹が立ったのだろう。

「阿久津くんたちも立花さんに勝手なことばかり言ってるけどね」

「お前には関係ないことだろうが」

「クラスメイトのことだし、関係はあるでしょ」

「ああ言えばこう言いやがって……」

阿久津が鋭い視線を七瀬に向ける。正直、かなり恐《こわ》い。

……が、七瀬はビビるどころか真っすぐに視線を返していた。

正直、七瀬のせいで教室の空気はめちゃくちゃだ。最悪と言ってもいい。

……でも、不思議なことに僕はそんな彼女から目が離せなくなっていた。

「ほら、早く選んでよ。咲が飲み物買うか、立花さんに飲み物買わせるの止めるか」

「お前、いい加減ムカつくこと言うんじゃねーよ」

「あんたの言うことなんて、あたしたちが聞くわけないでしょ」

綾瀬・阿久津と七瀬のバトルが続行中だけど、このままいくとたぶん立花が飲み物を買いに行かされて終わるだろう。

綾瀬が言った通り、二人には七瀬の言うことを聞く必要がないし。

……だけど、本当にそれでいいのか？

自問したのち、僕はチラリと教室に掛けられている時計を見る。

担任が来るまであと二分くらいか……。

「ほんとに君たち二人は性格悪いよね。赤ちゃんからやり直したらどう？」

「あんた、言わせておけば……!!」

ここで綾瀬《あやせ》が完全にキレてしまい、手を大きく振り上げた。

うわっ、これビンタする気だ。

「ちょっと待て、咲《さき》!」

阿久津《あくつ》も僕と同じことを考えてさすがにまずいと思ったのか、綾瀬を止めようとする。

しかし、それよりも前に綾瀬の手は振り下ろされて、七瀬《ななせ》の顔に一直線。

誰もが七瀬にビンタが直撃すると思った瞬間、

不意にアラーム音が鳴った。


それがきっかけで綾瀬の手はピタリと止まる。

そして、綾瀬を含めたクラスメイトたちの視線はアラームが鳴った方向――僕の席に集まった。

「ご、ごめん。アラーム切り忘れてたみたいで……」

僕はスマホを見せながらぺこぺこと謝る。だけどクラスメイトからの反応は特になし。

強いて言えば、何やってんだこいつ、みたいな目を向けられた。冷たいなぁ……。

「はーい、みんな席に着いて~」

ガラッと教室のドアが開いて、女性の教師が入ってきた。

今日が新学期初めての登校だから知らんけど、うちのクラスの担任だろう。

おかげでこの場は丸く収まりそうだ。

それから立花《たちばな》はひとまず綾瀬たちの飲み物を買いに行くことなく、自分の席に着く。

綾瀬の席に集まっていた阿久津や他の取り巻きたちも各々の席に戻っていった。

ふぅ、何とかなったか……。心中で安堵《あんど》していると、隣から視線を感じる。

見ると、席に戻った七瀬がこっちをじーっと見つめていた。

「その……何かな？」

「ううん、別に～」

七瀬はひょいっと別の方を向いてしまった。なんなんだよ。

朝のホームルームが終わり、クラスメイトたちは一限の準備をしたり、自販機に飲み物を買いに行ったり、談笑したりしている。

ちなみに綾瀬はもう怒りが収まっているみたいで、いまは阿久津や立花を含む取り巻きたちとお喋《しゃべ》りをしていた。

「君、ちょっといい？」

授業の準備を済ませて自席でスマホをいじっていると、また七瀬から声を掛けられた。

「……今度は何かな？」

「そんな嫌そうな顔しないでよ。少し話があるだけだから」

太陽のような笑みを浮かべてから、七瀬《ななせ》は続けて話した。

「さっきって私のことを助けようとしてくれたんだよね？」

「……いや違うけど」

七瀬の問いに、僕は即行で否定する。

「？　何で嘘《うそ》つくの？」

「嘘じゃないって、本当にただアラームを消し忘れてただけ。そもそも僕はトラブルとかに巻き込まれたくないんだ」

僕が言い張ると、七瀬は不思議そうな表情を浮かべる。

「トラブルに巻き込まれたくないのに、私を助けてくれたの？」

「だから違うって」

否定しているのに、七瀬は何かを思案するように顎に指を添える。

「君ってなかなか面白いんだね」

どこか不吉な笑みを浮かべる七瀬。

何その反応。ものすごく恐《こわ》いんだけど。

そう怯《おび》えていたら、

「私ね、君に興味が湧いたかもしれない」

「……はい？」

戸惑っている僕に、七瀬はニヤリと口元を緩める。

高三になって登校初日。いきなり僕は面倒ごとに巻き込まれた気がした。

◆◆◆

一限目の数学の授業中。私は彼――桐谷《きりたに》くんのことを考えていた。

見た目が小動物みたいだなぁとか。からかったら面白そうだなぁとか。

いるよね、そんなに話したことないけどいじったら楽しそうみたいな人。

たぶん桐谷くんってそういう人なんじゃないかなって思う。

でも、最初に話した時は、桐谷くんって学校に行きたくない普通の男子生徒なのかなって思った。別にそのことに関しては特に何とも思ってないし、学校にあんまり通ってないからって変な目で見たりもしない。

だけど、彼は普通の不登校気味の生徒じゃないみたい。

咲《さき》にぶたれそうになって、桐谷くんに助けられて、それから改めて彼と会話した時、ちょっと変な人だなって思った。

私のことを助けたんじゃないって、平然と嘘《うそ》つくし。

それに普通ならトラブルに巻き込まれたくない人が人助けなんてしないでしょ。

しかも、自分で言うのもあれだけど、教室の空気は最悪で誰も私のことを助けようとなんてしてなかったし。

それだけに桐谷《きりたに》くんのスマホのアラームが鳴った時は驚いた。

あの時の「切り忘れてたみたいで……」っていう彼の演技、ぎこちなさすぎて笑いそうになっちゃった。ちょっと可愛《かわい》いとも思っちゃったけど。

そして、うっすらと桐谷くんは『彼女』に似ているなって感じた。

だから、私は彼に興味を抱いたんだ。

桐谷くんと初めて会話してから、私は彼が登校してきたら一言でも話すようにした。

好きな食べ物を訊《き》いたり、休日に何してるか喋《しゃべ》ったり。そんな他愛《たあい》もないこと。

真剣な話、このままだと、もしかしたら桐谷くんは『彼女』と同じように酷《ひど》い目に遭ってしまうかもしれない。

幸い、まだそこまで追い込まれてはいないみたいだけど……。

でもこのまま彼を放っておくことなんてできない。

だって、私なら桐谷くんを助けることができるかもしれないから。

◇◇◇

初登校から数日間。一・二年生の時と同様に、単位を落とさない程度に学校に通って、特に登校しなくてもいい日は自宅でだらだらと過ごした。

だが困ったことに学校に行くと、何故《なぜ》か七瀬《ななせ》にやたら話しかけられるんだ。

内容は「趣味とかあるの？」とか「昨日のドラマ見た？」とか結構どうでもいいもの。

僕に興味が湧いたとかよくわかんないこと言ってたけど、一体何を考えているんだあのパーカー美少女。

「えーと、今日は一日中ゴミ掃除のボランティア行事の日か。じゃあ行かなくてもいいな」

自分の部屋。壁に掛けてあるカレンダーを見て、僕は呟《つぶや》いた。

このカレンダーには絶対に単位を落とさず、且つなるべく学校をサボれるように、学校を休んでもいい日と登校しなくちゃいけない日が詳細に書かれている。

休んでもいい日には必ず『休』と記載されているんだ。

ちなみに本日は学校近くの住宅街や河川敷、公園のゴミ掃除をする、という毎年恒例のボランティア行事のため、もちろん僕は行かない。

授業がある日でさえ、単位が関係ある時しか登校しないのに、ボランティアになんて行くわけがない。過去二回のボランティア行事も僕は参加していないし。

「さて、今日もアペでもやろうかな」

プレよんを起動する僕。プレイするタイトルは先日桃花《もも か》にぶち切りされたバトロワゲームだ。今日こそ20キル取ってやるぞ。

そう意気込んでいた矢先、自宅のインターホンが鳴った。

桃花に出てもらおうと思ったが、そういや学生は学校に行ってるんだったな。

まあ僕も学生なんだけど……。

両親は二人とも仕事に行ってるし……居留守にしよう。

二回目のインターホンが鳴ったが、僕は気にせずゲームを開始した。配達だったら不在票入れるだろうし、保険の営業とかなら無理そうならさっさとどっか行くでしょ。

そう思いつつゲームをプレイしていたけど、残念ながらインターホンが鳴りやまない。

それどころかさっきからインターホンは連打されていた。

いや、これはさすがに失礼すぎるだろ。

「はいはい、いま出ますよっと」

仕方がなく僕はゲームを中断して、玄関へと向かう。

こんな無礼なやつは一体どこのどいつだ。絶対に文句言ってやる。

「はい、何ですか……ってお前かよ」

「おはよう、翔《かける》」

玄関の前で爽やかな笑みを浮かべているのは修一《しゅういち》だった。

同じ中学なので彼とは割と家が近く、徒歩十分くらいの距離にお互いの家がある。

「何しに来たんだよ……」

「そりゃ一緒に学校に行こうと迎えに来たんだよ」

「いやいや行かないから」

修一の発言に、僕は首を横に振りながら答えた。

「どうしてだよ。今日は授業ないし割とかなり楽な日だぞ」

「ボランティア行事なんて興味ないし面倒くさい」

「そんなこと言わずに行こうぜ。この前お前が欲しがってたゲームあげるからさ」

「欲しがってたゲーム……？」

「バトルステージ6ってやつ。休日に駅近くまで出かけた時にくじで当てたんだよ」

「まじか!?　それ本当に僕が欲しがってたやつじゃん！」

修一の話を聞いて、僕は少し興奮してしまった。

彼が口にしたタイトルは金銭的に僕が買うことを断念したゲームだからだ。

「本当にくれるの？」

「おう、俺は普段ゲームとかしないからな。その代わり今日のボランティア行事には一緒に参加してくれよ」

「わ、わかった。そういうことなら……」

途中、僕は言葉を止めた。

……何かおかしくないか？

これまで修一《しゅういち》は今みたいに僕を学校に行かせようとすることはあったけど、学校に行くだけでゲームをくれるなんて、今日はちょっと強引すぎる気がする。

「修一、何か企《たくら》んでないよね？」

「えっ、さ、さて何のことだか……？」

訊《たず》ねると、修一は物凄《ものすご》い勢いで目を逸《そ》らした。さすがにわかりやす過ぎだろ。

「やっぱり学校に行くの止《や》めようかな……」

「待て待て、わかったから。事情を話すから学校には来てくれよ」

必死にそう言ってくる修一。

こんなに焦るなんて。一体どんな理由があって僕を学校に行かせようとしてるんだ。

「実は今日のボランティア行事は彼女と一緒に行動するつもりだったんだけどさ」

「なにそれ。彼女持ちマウント？」

「そうじゃねぇって。まあ冷静になれよ」

まあまあと宥《なだ》めてくる修一。なんかムカつくなー。

「でも彼女が体調崩して学校に来れなくなったみたいで、今日一緒にゴミ拾いする人がいなくなったわけよ」

「別に友達と一緒にゴミ拾いすれば良いじゃん。僕と違って修一には沢山いるだろ？」

「それはそうなんだけどさ……」

言いにくそうな顔をする修一。

「ほら、毎年そうだけどゴミ掃除のボランティアって、一人で行動するやつ以外は、結構長い時間誰かと一緒にいないといけないいだろ？　そんでその時間も会話だったりで埋めなくちゃいけない」

「まあそうかもね……」

僕は一回も参加したことないからよく知らないけど……。

「正直そんな長い時間、めっちゃ仲良いわけでもないやつと一緒にいたくないわけよ」

「そ、そっか……」

このイケメン、さらっと酷《ひど》いことを口にしたな。

まあ言っていることは間違っていないのかもしれないけど……。

「……それが僕を学校に行かせたい理由？」

「そういうこと。だから頼むわ」

修一は手を合わせて軽く頭を下げる。

ぶっちゃけ僕は全くゴミ掃除なんかしたくないんだけど、ずっと欲しかったバトルステージ6をくれるならしょうがないか。あと一応、唯一の友達がこれだけ頼んでるわけだし。

「……わかった。その代わりゲームはちゃんと頂戴ね」

「おぉ！　一緒に来てくれる気になったか！　さすが俺の親友だぜ！」

カッコいい顔を綻ばせながら、修一《しゅういち》は僕の肩に手を回してくる。

「いちいち肩組んでくるな」

「またまた照れんなって」

「照れてないし」

まったく、ちょいちょいウザいイケメンだ。

……でも、ボランティア行事に参加したらまた七瀬《ななせ》に絡まれるかもしれないよな。

まあその時は修一に何とかしてもらうことにしよう。

それから僕は学校に行く支度をするために自分の部屋に向かった。

◇◇◇

僕は修一と登校したあと通常通りホームルームを終えて、街のゴミ掃除をするために学校指定の体操服に着替えた。

そうして校外に出たあと早速ボランティア行事が始まったんだけど……。

「裏切られた……」

僕はゴミ袋を右手、ゴミばさみを左手に持って、一人ぽつりと立っていた。

というのも、本来なら修一と二人でどうでもいい会話をしながらゴミ掃除を済ます予定だったのに、今年からボランティア行事はクラス内で担任が無作為にグループ分けして、そのグループでゴミ掃除をすることになったらしい。

理由としては、毎年仲良い人同士で行動すると、お喋《しやべ》りばかりして真面目《まじめ》にゴミ掃除をしないからとのこと。

そんなわけで違うクラスの僕と修一はもちろん同じグループにはなれず、一緒に行動することができなくなってしまった。

これだけでも、元々ボランティア行事なんかに参加する予定がなかった僕にとっては最悪な出来事だというのに、うちの担任教師が分けたグループがさらに最悪だった。

「ねぇ篤志《あつし》。あたし暇なんだけど」

「それは俺も一緒だ」

僕は担任の指示で学校近くの市立公園でゴミ拾いをしている。

……しかし、綾瀬《あやせ》と阿久津《あくつ》はだるそうにベンチに座って話をしていた。

「ねぇ、今日って来る意味あったの？」

「この行事サボると部活の顧問に怒られんだよ。最悪試合に出してもらえなくなる」

そんな会話を交わしながら、二人はゴミを拾う素振りを一切見せない。

教師がいないからって、堂々とサボってイチャつくな。

まあ僕も本当はサボるつもりだったけど……。

「なんてこった……」

僕は頭を抱えて呟《つぶや》いた。

まさか男女のスクールカーストトップの二人と同じグループになるなんて。

運が悪いにもほどがあるだろ……。でも、僕の運の悪さはこれだけに留《とど》まらなかった。

「なーに頭抱えてんの？」

隣から可愛《かわい》らしい声が聞こえる。

振り向くと、阿久津《あくつ》や綾瀬《あやせ》と同じように体操服姿の七瀬《ななせ》がにこりと笑ってこっちを見ていた。ただし愛用のパーカーは体操服の上から今日も着用している。

そう。同じグループには校内の有名人であり問題児の七瀬もいるんだ。

そして僕と同じグループメンバーはこれで全員。本当に最悪のメンツだ。

おまけに掃除が始まる時、七瀬がサボろうとする綾瀬と一度やり合ったし。

「別に頭なんて抱えてないけど……」

「いやいや嘘《うそ》でしょ。ものすごく困ったような顔してたし」

七瀬《ななせ》は面白そうにクスクスと笑う。何がおかしいんだ……。

「でも珍しいよね。桐谷《きりたに》くんって学校休んでる時多いから。ボランティア行事なんてサボるのかと思ってた」

そして笑顔で失礼すぎる発言。

しかも悔しいことに図星をつかれたから反論できない。

「あのさ僕は一人でゴミ拾いしてくるから、七瀬はあの二人のところ行ってきなよ」

「桐谷くんって面白いこと言うね。私、あの二人とあんまり仲良くないの」

「知ってるよ。遠回しに僕から離れてって言ってるんだけど」

「だよね、うんうんわかってるってー」

と言いつつ、七瀬は全く僕から離れない。全然わかってないじゃん。

「それでさ、なんで今日は学校に来たの？」

「たまには僕もボランティアに参加して、世のため他人《ひと》のためになることをしようかなって……」

「いつも学校を休んで教員たちを困らせてるから？」

七瀬はからかうような口調で訊《き》いてくる。

あれか。こいつは人を苛立《いらだ》たせる天才なのか。

「教員を困らせてるのはそっちの方でしょ。今日も校則違反のパーカー着てるし」

「これは私のトレードマークだからね」

パーカーを見せつけるように胸を張って、七瀬は自慢げに答える。

トレードマークがルール違反してるってどうなんだ。

「おいお前らよ。サボってないでさっさとゴミ拾えよ」

阿久津《あくつ》が眉間に皺《しわ》を寄せて近寄ってきた。

正直、自分のこと棚に上げまくってる発言に物凄《ものすご》く文句を言ってやりたいが、クラス内男子の権力者の阿久津相手に対してそんなことする勇気はない。

ちなみにさっきまで彼と喋《しゃべ》っていた綾瀬《あやせ》はボランティア中なのに、ガッツリスマホをいじっていた。

「ご、ごめん。すぐにゴミ拾いするから」

すぐに僕は謝って、ゴミ拾いを再開する。

「自分だってサボってるくせに何言ってんの。男のくせにダサいんだけど」

一方、七瀬は完全に喧嘩《けんか》を売るトーンでそう言った。

また何やってんだこいつ……。

「は？　俺の言うことに文句あんの？」

「逆に文句しかないけど。阿久津くんと咲《さき》もゴミ拾いしなよ」

「そんな面倒なことするわけねーだろ」

「じゃあ私たちに文句言う資格ないでしょ。阿久津《あくつ》くんってバカなの？」

僕が思っていたことをそのまま七瀬《ななせ》が言い放つと、阿久津は顔を歪《ゆが》ませる。

「誰がバカだ。お前さマジで調子乗んなよ」

「調子になんて乗ってないけど、というかバカじゃないならゴミ拾って」

バチバチにやり合う二人。もはや一触即発の雰囲気だ。

おいおい、僕の近くで問題を起こすのは止《や》めてくれ。

「ス、ストップ、ストップ！」

慌てて僕は二人の間に入る。

すると、今まで七瀬を睨《にら》んでいた阿久津の視線が僕の方へ。

「なんだよ。お前も俺に文句あるのか？」

「ま、まさか。そんなわけないよ……」

学校にまともに来てすらいない僕がクラス内男子の実権を握っている阿久津に逆らったらどうなるか……考えただけでも恐ろしい。

「ゴミ拾いは僕と七瀬でやっておくから。阿久津はどうぞ休んでて」

「ちょっ、どうしてそんな――」

後ろから七瀬が何か言いそうになったところを手で制す。

この女は空気を読むことを知らんのか。

「おっ、話がわかるやつもいるじゃん。桐島《きりしま》だったっけ？」

「桐谷《きりたに》だよ……」

僕はそんな部活辞めそうな苗字《みようじ》じゃない。

というか、やっぱり名前すら覚えられてないのか。

「ゴミ拾いさっさと済ませろよ。早く終わったら自由時間貰《もら》えるらしいからな」

ご機嫌になった阿久津はそう言い残して、綾瀬《あやせ》が座っているベンチに戻っていった。

自己中の極みみたいな発言だったな。

「ねぇ、どうしてあんなこと言ったの」

七瀬が怒ったような口調で訊《たず》ねてくる。

「ごめん。七瀬もゴミ拾い嫌だったらどっか行っていいよ」

「そうじゃなくて、なんで阿久津くんや咲《さき》に掃除するように言わなかったの？」

「いや、そんなこと言えるわけないじゃん」

「それじゃあ桐谷くんは二人が掃除しないことが正しいと思ってるの？」

「そ、そういうわけじゃないけど……」

言葉に詰まったあと、僕は大きくため息をついた。

そりゃ僕だって二人が掃除をサボってることが良いなんて思っちゃいない。

でも仮に、僕が阿久津と綾瀬に掃除をしてって頼んだとしよう。

そんなことしても二人は絶対に掃除をしない。

何故《なぜ》なら、僕と二人の間に明確な力関係があるから。

弱者が強者に言うことを聞かせようとしても無駄だ。

無駄どころか、二人の機嫌を損ねてしまって、返り討ちを食らう可能性だってある。

毎日パシリ扱いとかされたら、僕は一生学校に行かなくなるぞ。

「言いたいことや思ってることを口にしても解決しないことだってあるんだよ。七瀬《ななせ》だってそのくらいわかるだろ」

「ふーん」

七瀬はつまらなそうな反応をしたあと、続けて話した。

「でも、そうやって自分の気持ちにいちいち蓋してたら苦しいと思うけどな」

「ぐっ……」

僕はまた言葉に詰まった。

ぶっちゃけ七瀬が言ったことは、正しいと思う。

それだけにいま僕が一番言われたくない言葉だったかもしれない。

「……阿久津《あくつ》たちと揉《も》めるよりマシだろ」

抵抗するように口にしたあと、僕は公園のゴミをトングで拾ってはゴミ袋に入れていく。

七瀬も「そっか」とだけ呟《つぶや》いて、ゴミ拾いを再開した。

それから掃除が終わるまで僕と七瀬は会話を交わさなかった。

◇◇◇

「やっと終わったー！」

掃除開始から二時間後。落ち葉やら空き缶やら汚れた雑誌やら、ひと通りゴミを拾い終わると、七瀬が嬉《うれ》しそうに両手を上げた。

ここの公園って何気に広いから二人だとやっぱり時間かかったな。

当たり前だけど、四人でやった方が絶対に良かった。

「桐谷《きりたに》くん！　ハイタッチ！」

不意に七瀬が両手を上げたまま、こっちに近づいてきた。えっ、いきなりなに。

「？　もしかして桐谷くんってハイタッチ知らない……？」

「いや知ってるけど、その……七瀬は怒ってるんじゃないの？」

「怒ってる？　誰に？」

「……僕にだけど」

言うと、七瀬がキョトンとしたあとクスリと笑った。

「もしかして桐谷くんが阿久津くんにビビって、そのせいで私が怒ってると思ってたの？」

「言い方はあれだけど、だいたい合ってる。……違うの？」

「そんなわけないでしょ。私は器が大きいからそれくらいじゃ怒ったりしないよ」

「君の器とか知らないし……でも掃除中、一言も話さなかったじゃん」

「あれは単純に真面目《まじめ》に掃除をやってただけ。そうしないと掃除する人が二人しかいないからいつまで経《た》っても終わらないでしょ」

「……それもそうか」

「なに？　私と話したかったの？」

「それは絶対にない」

ニヤニヤとしながら訊《き》いてくる七瀬《ななせ》に、僕は首を左右に振った。

別に彼女と話したかったわけじゃない。ただやたらと口を開く人が急に喋《しゃべ》らなくなったから気になっただけだ。

「じゃあほら、ハイタッチ！」

「いやいや、しないから」

テンション高めにハイタッチを求めてくる七瀬に対して、僕は冷静に言葉を返した。

「え〜なんでさ。恥ずかしいの？」

「違う。そこまで親しくない人とそういうことはしたくないだけ」

「それ酷《ひど》くない!?」

不満を漏らす七瀬だが、いつまでも相手にするのは面倒なので僕はスルーした。

公園の掃除は終わったんだし、さっさと学校に戻るか。

満杯になったゴミ袋は、校門の前にいる教師たちに届けたら捨てておいてくれるらしい。

「二人ともご苦労さん」

阿久津《あくつ》が体操服のズボンのポケットに手を突っ込んだまま、偉そうにやってきた。

だが、彼の傍《そば》に綾瀬《あやせ》がおらず、さっきまで座っていたベンチにも彼女は見当たらない。

「その……綾瀬は？」

「咲《さき》か。あいつはその……」

阿久津はどこか気まずそうに言葉を濁す。……ん？　なんだ？

「なるほど。女の子の日だね」

七瀬が人差し指をピシッと立てて名推理を披露する。あぁ、そういうことか。

「ちげーよ！　トイレに行っただけだ！」

阿久津が顔を赤くしながら必死に否定した。

どうやら七瀬の名推理は大外れだったみたい。

というか、トイレだったら普通に言えばいいのに。一応、綾瀬に気を遣ったのだろうか。

「ったく、変人め」

「阿久津くん、ありがと！」

「褒めてねぇんだよ」

七瀬《ななせ》がふざけていると、阿久津《あくつ》が鋭い視線を飛ばす。

頼むからしょうもないことで空気を悪くしないでくれ。

「まあいい。それよりもお前らゴミ袋ちゃんと処理しておけよ」

「えっ、う、うん……」

阿久津の言葉に、僕は当然のように頷《うなず》いた。

最初からそのつもりだったし……と思っていたんだけど、

「何言ってんの。掃除は私と桐谷《きりたに》くんがやったんだから、後始末くらい阿久津くんと咲《さき》でやりなよ」

七瀬は手に持ったゴミ袋を阿久津に向かって差し出す。

本当に懲りないなぁ。何を言ったって無駄なのに……。

「やるわけねーだろ。ゴミ運びなんてだるいし」

「私と桐谷くんもだるいんだけど」

真剣に訴える七瀬に、阿久津は怒りを通り越して面倒くさそうに肩をすくめた。

「うっせーな。とにかく俺も咲も運ばねーから」

「……ふーん。あっそ」

阿久津の言葉に対して、とうとう七瀬が言い返さなくなった。

いい加減、彼女も諦めたんだろうか。

まあこれ以上、阿久津に突っかかっても良いことは起こらないだろうし。

これが正しい選択だと思う。


「とりゃあぁぁぁぁぁぁぁ!!」


やっと七瀬がまともな判断をしてくれたと思っていたら、彼女は自身が持っていたゴミ袋をそのまま阿久津に目掛けてぶん投げた。

至近距離で放たれたゴミ袋は、なんと阿久津の急所にクリティカルヒット。

ゴミ袋の中身はペットボトルや空き缶なので、かなり痛いはずだ。

……って、何やってんの!?

「い、いってぇ……!?」

倒れ込んだ阿久津は顔を歪《ゆが》ませてそう呟《つぶや》いていた。

どうやら七瀬のゴミ袋は、彼の大切な部分にダメージを与えてしまったみたい。

うわぁ、痛そう……。

「な、何すんだお前……」

「あのね、バスケ部のエースだかキャプテンだか知らないけど、ちょっと顔が良くてスポーツできるからって調子に乗らないで！」

依然、倒れている阿久津《あくつ》を、七瀬《ななせ》は見下ろしながら言い放った。

それから彼女はこちらを向いて、

「桐谷《きりたに》くん、それ貸して」

僕が持っているゴミ袋を指さした。

「えっ、なんで……」

「良いから良いから」

僕の手からゴミ袋を取ると、七瀬はそれを阿久津の傍《そば》に置いた。

おいおい、七瀬のやつは正気なのか。

「阿久津くん、ゴミ袋よろしくね！」

二つのゴミ袋の近くで蹲《うずくま》っている阿久津に、七瀬はニコッと笑いかける。

すると、まだ動けない阿久津は物凄《ものすご》い形相で、

「七瀬、お前覚えてろよ……」

「ごめんね～！　私忘れっぽいから！」

七瀬は両手を合わせて、ムカつくテヘペロ顔を披露する。

この状況でよくそんなことできるな……。

「桐谷くん！　ほら行こ！」

「えっ、行こって……？」

「学校に戻ろってこと！」

「で、でも……」

「早く早く！」

七瀬は僕の手を掴《つか》んで、そのままグイグイと引っ張っていく。

「ちょ、ちょっと⁉」

声を掛けても七瀬は一切止まろうとしない。

まだ数日しか関わっていないものの、彼女に対しては少し野蛮な印象を抱いていた。

しかし、僕のことを連れていく彼女の手は白くて小さくて、こう言ったらあれだけどちゃんと女の子の手をしていた。

おかげで今まで異性と手を繋《つな》いだことすらない僕の鼓動は情けないくらい高鳴る。

一方、七瀬は阿久津に一泡吹かせられたのが嬉《うれ》しかったのか、瞳を煌《きら》めかせながら前を進んでいた。

やっぱり彼女と関わるとロクなことが起こらない。

そう思いつつも、前へ前へと突き進む彼女の後ろ姿が、何故《なぜ》だかほんの少しだけカッコよく思えてしまった。

◇◇◇

「いやぁ〜さっきの阿久津《あくつ》くんの顔は傑作だったね」

公園を出てから暫《しば》し経《た》ったあと。

僕たちはいつも登下校時に通る、星蘭《せいらん》高校まで続く桜並木の道を歩いていた。

「傑作だったね、じゃないよ。七瀬《ななせ》のせいで僕も阿久津に目をつけられたかもしれないんだけど」

「良かったね！」

「適当に返事しないでくれる？　全然良くないから」

僕は大きくため息をつく。

「あのさ、前から思ってたんだけど、どうして君は僕に絡んでくるの？」

「絡んでって言い方酷《ひど》いなぁ。ただ私は隣の席の子と仲良くなろうとしてるだけだよ」

七瀬はそう返してきたけど、本当にそうなんだろうか。まあ彼女は普段から初対面の人にもグイグイ絡んでいるし、あり得ない話でもないけど……。

「じゃあもう一つ訊《き》いていい？」

「なになに？　そんなに私のこと気になるの？」

「ならもう訊かない」

「やだなぁ、ちょっとした冗談だよ！　なんでも訊いて！」

七瀬は笑みを浮かべながら、胸に手を当てる。

まったく。いちいち無駄なやり取りを増やさないで欲しい。

「君はさ、いつも自分が思っていることをそのまま行動に移すみたいだけど、他人のこととか自分の立場とか考えたりしないの？」

立花《たちばな》の件も今日の件も、七瀬はいつもその場の空気とか読まずに行動している。

そのせいで僕は結構なとばっちりを受けている。

今日のボランティアとか特にそう。阿久津の機嫌を損ねた僕は明日から彼のパシリになっているかもしれないわけで……。

「公園で掃除してる時も似たようなこと言ったけど、自分の気持ちに素直にならないと色々窮屈になって苦しいでしょ」

「それはそうだけど、時にはその場の空気に合わせることだって必要じゃないの？」

「私はそうは思わない」

僕の問いに、七瀬はきっぱりと言った。

「だって、自分が正しいって思ってることを曲げてまで他人に合わせる必要なんてないよ」

「そ、それは……」

「それにいつも自分らしく生きていた方が絶対に人生面白いでしょ！」

一切曇りのない綺麗《きれい》な笑みを浮かべて、七瀬《ななせ》はそう言った。

僕は何も言葉が出なかった。

彼女が言ったことが正しいとそう思ってしまったからだ。

ただ正しいことばかりしていても上手《うま》くいかないのが世の中なわけで……。

「……はぁ、やっぱり七瀬は問題児だ」

「桐谷《きりたに》くん、丸聞こえなんだけど」

ジト目を向けてくる七瀬を見て、僕は小さく息をついた。

今後も七瀬レナに振り回されるだろうな、と何となくそんな予感がした。

◇◇◇

ボランティア行事の日から数日が経《た》った。

僕は阿久津《あくつ》に目をつけられて彼の下僕にでもなるんじゃないかと思っていたけど、意外とそうはならなかった。

理由は簡単で、僕よりも七瀬にヘイトが向かっていたからだ。

ただし阿久津と顔を合わせるとガンを飛ばされるので、なるべく近寄らないようにしている。

ところで、ボランティアに行った際に修一《しゅういち》から貰《もら》える予定だったゲーム、バトルステージ6だけど、修一が持っていたのはまさかのバトルステージ3で僕が欲しいゲームじゃなかったんだ。一応貰っといたけど、全然いらなかった。

あの日、僕は何のためにボランティア行事に参加したんだか……。

「お兄ちゃん！　もうすぐ始まるよ！」

不意に僕の妹――桃花《ももか》が声を掛けてきた。

実は今日は休日で、僕は桃花と一緒に演劇を見るために自宅の最寄り駅近くの劇場ホールに来ていた。客席は1000席くらいで中規模程度。

本来は桃花が友達と来る予定だったらしいけど、その友達に用事が出来てしまって代わりに兄の僕が桃花に付き合うことになったんだ。

本当は家でゴロゴロだらだらしていたかったんだけど、妹からどうしてもと頼まれて仕方がなくここまで来ている。母親からの視線も痛かったし……。

「で、今日やる劇はどんなやつなの？」

「えーとね『メイドの名推理』っていうタイトルだよ。ミステリーものだと思う」

桃花はパンフレットを開きながら説明してくれる。

僕の妹は小説だったり映画だったり演劇だったり、そういう類《たぐい》のものを見るのが趣味なんだ。ゆえにこうやって兄が妹の趣味に付き合うことも結構ある。

付き合うというか、いつも強引に付き合わされているだけなんだけど……。

「演劇とか見るなら、漫画も読めばいいのに」

「ううん、だって私バトルとかよくわからないし」

漫画のジャンルはバトルだけじゃないんだよなぁ……。

そんなことを思っていたら、不意にブザーが響いて会場が暗転する。

そろそろ演劇が始まるみたいだ。

幸運なことに僕と桃花《ももか》の席は最前列。目の前で役者の演技を楽しむことができる。

「お兄ちゃん！　楽しみだね！」

「そ、そうだね……」

おかげで隣の桃花の瞳がキラキラしていた。

それから舞台にのみ照明が当てられて、幕がゆっくりと開いていく。

すると、屋敷のようなセットと女性が二人現れた。

一人は二十代くらいの女性でメイド姿。

そして、もう一人も同じようにメイド服を着ていたのだが――。

「……っ！」

彼女を見た瞬間、僕は驚愕《きょうがく》した。

「ちょっとお兄ちゃん、口が開きっ放しになってるよ。恥ずかしいから止《や》めて」

桃花から注意が入るけど、そりゃ開いた口も塞がらなくなる。
だって舞台の上には、学内で一番の有名人であり、数々のやらかしをしてきた問題児
――七瀬《ななせ》レナがいたのだから。
……何やってんだ、あいつ。

◇◇◇

「しかし、驚いたなぁ」

翌日の昼休み。僕は購買で買ったたまごサンドを食べながら呟《つぶや》いた。

桃花と演劇を見に行ってから、興味本位であれこれと調べてみると、どうやら七瀬レナは僕たちが見た劇団――『夕凪《ゆうなぎ》』に所属する役者らしい。

ネット上の情報によると『夕凪』は五年前に発足したばかりの劇団で、主に僕らが住んでる地域で活動をしている。

発足当時から徐々に人気を伸ばし、いま注目されている劇団だとか。

団員も十代～四十代の男女が合わせて四十名ほどいるみたい。

『夕凪』の公式サイトに記載されているプロフィールによると、七瀬は高校に入学する少し前に劇団に入ったとのこと。

「まさかあの七瀬《ななせ》が役者だなんて」

　正直、全然そうは見えない。

　むしろ普段の姿を見てたら演技なんてできるの？って感じだ。

　でも、実際に彼女の演技をこの目で見たけど、めっちゃ上手《うま》かった……と思う。

　演技のことはよくわからないけど、少なくとも他の演者と全く遜色なかった。

「あいつってすごいやつだったんだなぁ」

　呟《つぶや》きながら、僕はたまごサンドをぱくり。

　いま僕は一人で昼食をとっている。修一《しゅういち》と一緒に食べたりすることもあるけど、彼はだいたい彼女と一緒にいるので、僕は基本的に昼休みは一人のことが多い。

　というか修一に誘われても、なるべく断るようにしている。

　こんな学校にもきちんと通ってないやつのせいで、友達の恋愛を邪魔したくないからな。

　……で、一人なことはいつも通りなんだけど、昼食をとっている場所に問題があった。

　普段は教室の自分の席で食べているし、なんなら高校生活の昼休みの九割くらいは自分の席で過ごしてきた。

　なのに僕はいま星蘭《せいらん》高校の本校舎とは別にある旧校舎の空き教室で昼食をとっている。

　しかも、そこそこ古い建物だけあって、どこからか風が入ってきて微妙に寒い。

　そんなだからか、ここには基本誰も来ない。

「……はぁ、やっぱりここ寒いな」

たまごサンドを食べ進めながら、ぼやいた。

僕が旧校舎でお昼を過ごしている理由は、阿久津《あくつ》だ。

ボランティア行事の日以来、直接何かされているわけじゃないけど、教室にいると時々こっちを睨《にら》んできて、かなり恐《こわ》い。

特に昼休みは阿久津も教室でクラスメイトの男子たちと昼食をとっているので、気まずいったらありゃしない。

だから、僕はこんな陰気な場所まで避難してきたんだ。

卒業まで昼休みはずっとここか……。

まあ学校には最低限しか来ないし、これくらい我慢できるだろう。

「しかしこの教室。なんでこんなに本ばっか置いてあるんだ？」

室内をぐるりと見回すと、本棚や机の上に大量の本が並べられていたり積まれていたりしている。ジャンルは小説だったり雑誌だったり様々だ。

「ん？　これは……」

大量の本がある中で、ふと一冊に目が留まった。

それは演技に関する本だった。何で演技の本？

なんて思っていたら、不意に扉が開いた。

だ、誰だ……？

驚いて振り返ると、

「あれ？　桐谷《きりたに》くん？」

空き教室に入って来たのは、なんと七瀬《ななせ》だった。彼女はお弁当箱を持っており、今日も今日とてトレードマークの白のパーカーをブラウスの上から着ていた。

「七瀬、どうしてここに……？」

「それはこっちのセリフだよ。どうして君がここにいるの？」

「僕はその……まあ色々あって」

教室に阿久津《あくつ》がいて気まずい、みたいなことを言うと、発端を作った七瀬が気にするかもしれないので、一応、言葉を濁した。

「で、七瀬はなんでここにいるの？」

「私？　私はここでお昼食べるから」

そう言いつつ、七瀬は僕の隣の席に座ると、お弁当箱の包みの結び目を解《ほど》いていく。

さらっと隣の席に座ってきたな。まあ別に良いけど……。

「いつもここでお昼食べてるの？」

「うん。一年の時から昼休みはだいたいここで過ごしてる」

「一年の時からって……もしかしてここの部屋にある物って全部七瀬の私物？」

「そうだよ～」

僕が訊《たず》ねると、七瀬は何か問題でも？　みたいなトーンで返事をしてきた。

「ここ誰も使わないし、自分の部屋にしてるの」

「どんな発想だよ」

空き教室とはいえ、学校の教室を勝手に自分の部屋にするやつなんてどこを探しても、七瀬しかいないだろう。彼女らしいと言えば彼女らしいのかもしれないけど。

「あっ、そういえばさ、昨日見に来てたよね？」

「え？　急に何の話？」

「だから昨日見に来てたでしょ？　私がいる劇団の演劇」

唐突な話題に、僕は一瞬、どう返答しようかと悩む。

七瀬が隠したいことだったら知らないフリでもしておこうかと思ったけど、本人がオープンにしてきたんだから、特に気にする必要はないか。

「まあそうだけど……って、気づいてたの？」

「君は最前列にいたからね。割とすぐに気づいたよ」

「そ、そっか……」

僕も舞台に出てきた七瀬に一発で気づいたからな。

彼女の方も僕に気づいても全然おかしくはない。

「もしかして桐谷《きりたに》くんって演劇とか好きなの？」

「ううん。昨日は妹に誘われて付いてっただけ。妹がそういうの好きだから」

「桐谷くんって妹いるんだ！　良《い》いなぁ～私もお兄ちゃんとか妹とか欲しいなぁ～」

七瀬《ななせ》は羨ましそうな瞳でこちらを見てくる。

どうやら彼女には兄妹《きょうだい》がいないっぽい。

妹がいる身としては兄妹なんていてもあんまり良いことないと思うけど。

うちの妹なんて毎日学校に行けって言ってくるし……。

「それで、クラスメイトは七瀬が役者だってことは知ってるの？」

「たぶん知らないと思うよ。特に隠してるわけじゃないけど、校内でも知ってる人はほとんどいないんじゃないかな」

「えっ、そうなの？」

「うん。劇団に入ったのは高校に入学するちょっと前くらいだけど、昨日みたいにちゃんとした役で舞台に出れるようになったのは最近だから」

「そうなんだ……」

七瀬も苦労してるんだなぁ、と思っていたら、不意に彼女は何かを思い出したかのように「あっ！」と声を上げた。

「ねぇねぇ！　私の演技どうだった？」

期待に満ちた眼差《まなざ》しで訊《たず》ねてくる七瀬。

これは褒めて欲しいってことか？　いやまあ実際すごかったけど……。

「そ、その……演技のこととかよくわからないけど上手《うま》かったと思うよ」

「ほんと！」

グイッと顔を近づけてくる七瀬。

ちょっ、近い近い。

「ほ、本当だって」

「そっかぁ～それは嬉《うれ》しいな！」

七瀬はニコニコしてご機嫌になっている。

褒められたことがよっぽど嬉しかったっぽい。

「でも正直びっくりした。まさか七瀬が役者だったなんて」

「そんな大したもんじゃないけどね。ただ入っている劇団の演劇に出してもらってるだけ」

「それでもすごいと思うけど……七瀬はもっと有名になりたいってこと？」

訊ねると、七瀬は少し思案するような表情を浮かべる。

そして、彼女は僕の方を向いてじーっと見つめて、

「実は私ね、ハリウッド女優になるのが夢なの」

真剣な表情でそう伝えてきた。

急に出てきた予想外の言葉に、僕は一瞬返事に詰まった。

「ハリウッド女優って、また大きく出たね」

「そうかな？　でも夢は大きければ大きいほど人生を豊かにしてくれるって、どっかの何かの本に書いてたよ」

「それどんな本か微塵《みじん》もわかんないんだけど……」

まあわかったとしても百パー読まないだろうけど。

「そういやこの部屋にやたら本があるけど、これって七瀬《ななせ》の夢と関係あるの？」

周りにある本に目をやりつつ訊《たず》ねると、七瀬はこくりと頷《うなず》いた。

「昼休みとか劇団の稽古がない放課後とかに、この教室に来ては一人で演技の練習をしたり、感性を広げるために小説を読んだりしてるの」

七瀬の話を聞いたあと、僕は何となく近くの机の上に置かれていた数冊の本から適当に一冊手に取ってみる。それは恋愛小説だった。

中身をさらっと読んでみると、僕は驚いた。

その小説には、登場人物のやり取りを実際に演じるならどんな演技をすれば良いかという考察が細かくページにびっしりと書かれていた。

たぶんこれは七瀬が記したもので、おそらくこの部屋にある本全てに書かれているんだと思う。それだけで、彼女が夢に対してどれだけ本気なのかわかった。

「真面目《まじめ》にハリウッド女優になるつもりなんだ」

「まさか冗談で言ってると思ってたの？　酷《ひど》いよ桐谷《きりたに》くん」

七瀬はぷんすかと怒っている。

冗談とまでは思ってなかったけど、まさかあそこまで本気とも思っていなかった。

「あのさ、桐谷くんは将来の夢とかないの？」

不意に七瀬から質問を投げられた。

「どうした急に」

「だって私が夢のこと話したから流れ的に今度は桐谷くんの番かなって」

「そんな余計な気遣いいらないいんだけど」

いつもは自分が思った通りに突き進むくせに……。

「それで桐谷くんの夢ってなにかな？」

「夢って……高校生にもなって夢とかないだろ」

僕も幼稚園や小学校の頃までは夢があった。

……けれど、色々と物分かりが良くなった今では夢なんて持ってない。

「どうせ夢なんて持っていても叶《かな》わないことの方が多いし」

そう呟《つぶや》いたあと、すぐに僕は自らの失言に気づく。

「ご、ごめん……」

「謝らなくていいよ。桐谷《きりたに》くんが言ってることは本当のことだし」

七瀬《ななせ》はそう言うけど、真剣に夢を叶《かな》えようとしている人の前であり得ない発言をしてしまった。……はぁ、今すぐ死にたい気分だ。

「たしかに夢は叶わないことの方が多いけど、でもね、夢を持っているといつもありのままの自分でいられるんだよ」

「ありのままの自分……？」

「要するに、自分らしくいられるってこと！」

七瀬はきっぱりと断言した。

夢を持つと自分らしくいられる、か。

だから、彼女はいつも他人のことや自分の立場などを気にせずに、己の思うがままに行動できるのだろうか。

「あっそうだ、桐谷くん。ちょっと君に頼みたいことがあるんだけど」

「頼みたいこと？　嫌だけど」

「ちょっと、内容を聞く前に断らないでよ」

七瀬から勢いよくツッコミを入れられた。

だって彼女からの頼み事とかロクなことじゃなさそう。

「じゃあ一応、聞くだけ聞くけど……頼み事ってなに？」

僕は恐る恐る訊《たず》ねる。

「さっき私はこの空き教室で、一人で練習したりしてるって言ったでしょ？」

「うん、言ったね」

「でもね、一人だとやっぱり練習にはなるけど上達が遅いというかやりづらいというか、そんな感じなの」

「……まあ演劇って一人でやるものじゃないからね」

「だから、桐谷くんには今後、私の練習に付き合ってもらいたいな〜って。具体的には私が演じる役以外の登場人物のセリフを言って欲しいの。お願いできるかな？」

七瀬は両手を合わせて、お願いポーズを取ってくる。

でも、僕はきっぱりとこう言ってやった。

「嫌だね」

「……ごめん。なんか聞こえなかった。もう一回言ってくれる？」

「えっ、だから嫌だって——」

「うーん、また聞こえなかったな。もう一回——」

「絶対に聞こえてるよね!?」

「あっ、いま協力するって言ってくれた？」

「言ってないし！　勝手に捏造《ねつぞう》するな！」

まったく。彼女は何としても僕を練習に付き合わせる気なのか。

「……僕、教室に戻っていい？」

「ス、ストップ！　ちょっと待った！　もう一回だけ話をさせて！」

席を立つと、必死に引き止められた。

「ふざけてるように見えるかもしれないけど、私は本気でハリウッド女優目指してるの」

「別にふざけてるとは思ってないけど……」

この教室にある本の量だったり、さっき見た本への書き込みの量だったりで七瀬《ななせ》が夢にいかに本気かは理解した。

「だからお願い！　私の練習に付き合ってください！」

「協力って僕じゃないとダメなの？　友達は？」

「私にはファンはそこそこいるけど、友達はちょっとね……」

そこで言葉が途切れた。

気軽に頼み事をできるような親しい友達はいないってことなんだろう。

無理もないか。彼女は校内で有名なトラブルメーカーなんだし。

「……わかった。僕で良かったら協力する」

「いいの！　やった！」

七瀬は嬉《うれ》しそうにガッツポーズをする。

正直、断っても良かったんだけど、ここまで必死になってる人に簡単にノーとは言えなかった。

「その代わり、僕が登校する日だけね。僕は単位取れる最低限しか学校に来ないから」

「全然それでいいよ！　……でもそっか。桐谷《きりたに》くんって無計画に学校サボってるわけじゃないんだね」

「サボってる言うな」

反論すると、七瀬にクスクスと笑われた。全く失礼なやつだ。

そう思っていると、不意に七瀬から手を握られた。

そのせいで僕の心拍数は一気に上昇する。

「これからよろしくね！　期待してるよ桐谷くん！」

「う、うん……何に期待してるのかわかんないけど」

そう返してから、僕はすぐに彼女から離れた。

唐突なボディタッチはマジで止《や》めて欲しい。心臓に悪いから。

こうして僕は七瀬の演技の練習に付き合うことになった。

正直、いつもの僕だったら断ってたところなんだけど、この時は不思議と真剣に夢を抱いている七瀬《ななせ》に協力するのも悪くないと思ったんだ。

でも、これがきっかけで僕の人生が大きく変わるなんて、当時は思ってもいなかった。

◆◆◆

「良かった。桐谷《きりたに》くんに協力してもらえて」

場所は変わらず、旧校舎の空き教室。

昼食を食べ終えた私は『メイドの名推理』の台本を読みながら呟《つぶや》いた。

いまは台本を確認しつつ、昨日の反省をしているところだ。

ちなみに昼食を食べ終わった桐谷くんは、先に教室に戻っていった。

色々と話し過ぎて今日のお昼休みの時間はないから、桐谷くんには明日以降、演技の練習に協力してもらうことにした。

「桐谷くんって、どんな演技するんだろうなぁ」

こう言っちゃあれだけど、あんまり上手《うま》くはなさそうだよね。

小学生の時の学習発表会とか、ほとんど喋《しゃべ》らない木とか草とかそんな役やってそうだし。

本人に確かめてないけど、絶対そうでしょ。

「くすっ、木の役やってる桐谷くんを想像してたら、面白くて笑えてきちゃった」

想像した感じ、結構似合ってるし。あとなかなか可愛《かわい》いかも。

「でも桐谷くん、意外とすんなり協力してくれたなぁ」

ほんとはもっと渋られるかと思ってたんだけど。

桐谷くんって、素っ気ない感じするけど結構優しいよね。

彼が初めて登校してきて、咲《さき》と少し派手に言い合って叩《たた》かれそうになった時は私を助けてくれたし。

何にしても、桐谷くんに演技の練習を手伝ってもらえることになって本当に良かったよ。

もちろん、私の演技の練習の質を高めるためっていうのもあるけど、彼に練習の協力をお願いした理由はそれだけじゃない。

彼と関わり始めて一週間ちょっと経《た》って、改めて思ったんだ。

やっぱり桐谷くんは『彼女』に似ているなって。

このままだと、桐谷くんはいつかきっと後悔することになると思う。

だから私は一週間、できる限り桐谷くんと関わるようにして、彼が『彼女』と同じ道を歩まないように行動してきた。

桐谷《きりたに》くんに私らしい部分を見せつけることによって。

……でも、残念ながら桐谷くんにはあまり変化が見られなかった。

そこで私は桐谷くんに演技の練習に付き合ってもらうことで、彼との時間を増やすことにしたの。

これが桐谷くんに演技の練習に付き合ってもらうことをお願いした、もう一つの理由。

演技をしている時の私が一番私らしくいられるから、そこをちゃんと見ていて欲しい。

桐谷くんが『彼女』のようになってしまわないように。

第二章　過去

「お兄ちゃん、今日も学校に行かない気？」

自宅のリビングでゴロゴロしていると、桃花《ももか》が眉をつり上げながら訊《き》いてきた。

「えっ、そうだけど。ダメなの？」

「ダメに決まってるでしょ！　もう何日連続で休んでると思ってるの！」

問い返すと、妹にめっちゃ叱られた。

七瀬《ななせ》の演技の練習に協力すると約束してから一週間。僕は一度も学校に行っていなかった。でも、別に練習に付き合うのが嫌になったわけじゃない。

普通にここ一週間は学校に行かなくてもいい日が続いたんだ。

証拠に、自分の部屋のカレンダーには今日まで『休』と記入されている。

カレンダーに『休』と書いてある日は、何があっても学校を休む。

これが学校に意地でも行きたくない僕の流儀である。

「そうは言うけど、桃花は学校に行かなくていいのか？」

「私は今日は学校の創立記念日で休みなの。ちゃんとした休みなの」

まるで僕がちゃんとした休みではないのに休んでいるみたいな言い方だ。失礼だなぁ。

「っ！」

その時、唐突にピロリンとスマホの着信音。

ズボンのポケットから出して確認してみると、七瀬《ななせ》からＲＩＮＥが来ていた。

実は旧校舎であれこれと話をした時に、彼女とＩＤを交換していた。

強引に交換させられた、という言い方の方が正しいかもしれないけど……。

『今日も学校来ないの？』

彼女とは演技の練習に付き合うのは僕が学校に来た時だけって約束したけど、約束を交わして以来、たったの一度もしてないからな。

こんな文面を送り付けられて当然だ。……で、このメッセージにどう返すかなんだけど。

今日も学校に行く気はないし、とりあえずスルーしておこう。

これで行かないって返したら、面倒なことになりそうだし。

「お兄ちゃん聞いてるの？」

「えっ、悪い。何も聞いてなかった」

そう答えると、桃花《ももか》はため息をつく。そんな反応するなよ。お兄ちゃん悲しくなるから。

なんて思っていたら、不意にインターホンが鳴った。

「？　こんな朝早くに何だろう？」

不思議そうにしながら桃花が玄関へと移動する。

すると、なぜかすぐに桃花がリビングに戻ってきた。

「なんかお兄ちゃんいますか？　だって」

「僕？　って誰が来てるの？」

「女の人だよ」

女の人？　ってまさか……。

僕が急いで玄関に行くと、そこには見知ったパーカー美少女が立っていた。

「あっ、おはよ！　桐谷《きりたに》くん！」

七瀬は朝っぱらから眩《まぶ》しいくらいの笑顔で挨拶してくる。

「七瀬!?　どうしてここに!?」

「桐谷くんがいつまで経《た》っても学校に来ないから、さすがに連行しに来たんだよ」

七瀬は頬《ほお》を膨らませて怒っている様子。

「そ、それはごめんだけど……僕の家の住所は？　どうやってわかったの？」

「不登校気味の桐谷くんが心配で……って担任に言ったら教えてくれたよ」

「まじですか……」

教師がそんなあっさり生徒の家の住所をバラしていいものなのか。いや、ダメだろ。

「さあ桐谷くん！　早く学校に行こ！」

「いや僕は今日も学校休むつもりだったんだけど……」

「ええ⁉　また休むの！　いい加減単位落としちゃうよ！」

「そこはちゃんと計算してるから問題な――ぐふっ！」

突然、口を塞がれて喋《しゃべ》れなくなる。

見ると、後ろから桃花《ももか》が僕の口を手で押さえていた。僕は急いで妹の手を引き離す。

「い、いきなり何するんだよ」

「せっかくこんな可愛《かわい》い人が迎えに来てるのに、お兄ちゃんがアホなこと言うからでしょ」

桃花はそう言うと、七瀬《ななせ》の方へ視線を移す。

「もしかしてお兄ちゃんのお友達ですか？」

「あっ、はい。桐谷《きりたに》くんの友達の七瀬レナって言います」

「私は妹の桃花です。お兄ちゃんなら今から学校に行くので、ちょっとだけ外で待っておいてもらえますか？」

「っ！　やっぱりあなたが噂《うわさ》の妹さんなんですね！　桐谷くんから話は聞いてます！　ていうかすごく可愛い！」

「えっ、あ、ありがとうございます。……ちょっとお兄ちゃん。どういうこと？」

「どういうことって……説明するの面倒くさい」

「ちゃんと説明して」

桃花が睨《にら》みつけながら詰め寄ってくる。これ、妹が兄に向けて良い目じゃないぞ。

それから仕方がなく僕たち兄妹《きょうだい》が見に行った『メイドの名推理』に七瀬が出ていて、そのことを二人で話した時に流れで妹がいることも話したことを、桃花に説明した。

「七瀬さん！　サイン貰《もら》えますか！」

すると、桃花はちょっと興奮気味にお願いした。

演劇や映画をよく見るから、きっと本物の役者に会えて嬉《うれ》しいのだろう。

「まだ半人前の役者だからサインは恥ずかしいですけど、でも握手とかなら……」

「握手でも良いです！　お願いします！」

七瀬と桃花はぎゅっと握手を交わした。

桃花はにっこりしていて、こんなに喜んでいる妹は初めて見たかもしれない。

「ものすごく嬉しいです。あとお兄ちゃんは絶対に学校に行かせますから」

「本当ですか？　ありがとう妹さん！」

「ちょっと待て。二人で勝手に話を進めてるけど僕は今日は絶対に学校になんか――」

「お兄ちゃん。今日行かないとお兄ちゃんが一番大好きなゲームソフト売っちゃうよ」

そう言い放った桃花の目は本気だった。この状態の妹ならマジでやりかねない。

「……わかりました。学校に行きます」

「ということなので、七瀬さんは安心して待っててください」

「はい！　ありがとうございます！」

桃花《もも か》がにこりとしながら言うと、七瀬《なな せ》はぺこりと頭を下げる。

まったくどうしてこんなことに……。

そんなわけで僕は一週間ぶりに学校に行くことになった。

◇◇◇

「わ、わたしはメイドですが推理も、と、得意なんです……」

昼休み。約束通り僕は旧校舎で七瀬の演技の練習に付き合っていた。

いまは桃花と見た『メイドの名推理』の練習をしており、僕は片手に台本を持ちつつ主人公の瀬戸宮《せ と みや》ナナのセリフを言わされているんだけど……。

「ちょっと桐谷《きりたに》くん。やる気ある？」

七瀬は腕組みをして、ちょっと怒り気味だ。

「だってしょうがないだろ。僕は演技は素人なんだし」

「演技が下手とかそういうことじゃないよ」

「？　じゃあなんだって言うのさ？」

「君の演技には恥じらいがある」

「そりゃそうでしょ。だってこの役、思いっきり女性なんだから」

瀬戸宮ナナは名前からわかる通り女性でメイドという設定だ。

それなのに彼女は男の僕に瀬戸宮ナナのセリフを言わせている。

ところで『メイドの名推理』のストーリーについてだけど、主人公の瀬戸宮ナナと七瀬が演じる渋野《しぶの》エリの二人のメイドが、いつも事件に巻き込まれるご主人様のために事件を解決する、という内容だ。

基本的には瀬戸宮ナナが推理をして、渋野エリはそのサポートをするという役割である。

「そもそも僕の演技はどうでもいいでしょ。これは七瀬の練習なんだから」

「まあそれはそうなんだけどね～」

七瀬はそう言うと、持っていた台本を閉じて近くの机の上に置いた。

「ナナさん！　大変です大変です！」

アホっぽい声色で慌てた演技をする七瀬。渋野エリは天然な性格なんだけど、その部分がセリフ回しや細かな動作からよく伝わってくる。

「桐谷くん、次だよ」

「あっ、ごめん」

七瀬に促され、僕は台本に視線を移して次のセリフを言った。

「ど、どうしましたエリさん。も、もしかしてまた事件ですか？」

「そうなんです～！　ご主人さまがまた事件に巻き込まれちゃったみたいなんです～！」

まだ二つしかセリフを聞いていないけど、七瀬《ななせ》は天然メイドを完璧に演じていた。

まるで普段の七瀬とは全くの別人がそこにいるみたいな……。

「桐谷《きりたに》くん、またセリフ忘れているよ」

七瀬の演技に夢中になっていた僕は、そう指摘されて慌てて次のセリフを言った。

そうして僕と七瀬はセリフを順番に口にしていく。

その最中《さなか》、僕は一つ気づいたことがあった。

七瀬は演技をする時、なんだかとても生き生きしていた。

普段から堂々としている部分がさらに増したというか、どうぞ自分を見てください、みたいな雰囲気を感じたんだ。

そんな彼女は、普段学校も真面目《まじめ》に通わずにだらだらと過ごしていて、特にやりたいこともなく夢も持っていない僕とは正反対で、とてもキラキラして見えた。

「さっきのセリフはもっと間を空けて、その前のセリフはもっと強めに言うべきかな」

演技の練習が終わったあと。七瀬は台本を手に持って、何かを書き込んでいる。

「それ、何してるの？」

「セリフごとにどんな演技をした方が良いか書き込んでるの。今度の休日にまた『メイドの名推理』の公演があるからね」

言葉を返しつつ台本を眺める七瀬の表情は、真剣そのものだった。

これが夢に本気で挑んでいる人ってことか……。

そう思うと、なんだか胸の辺りがモヤモヤとしてくる。

「桐谷くん、どうしたの？」

僕の様子がおかしいと思ったのか、七瀬が顔を覗《のぞ》き込むようにして訊《き》いてくる。

同時に、彼女の綺麗《きれい》な顔が間近まで迫っていた。

「べ、別に何でもないよ」

「ほんと？　それなら良いけど」

僕が顔を逸《そ》らして答えると、七瀬は少し心配そうにしつつも台本に視線を戻した。

「えっと、次のセリフは……」

七瀬はどんどん台本に書き込みを入れていく。その姿はとても静かで、普段騒がしい彼女がそんな風になっているのは、見ていて少し不思議な気分だった。

七瀬は僕に目もくれず、作業に没頭していた。

この時間、七瀬は間違いなく夢に一直線に向かっている。これが彼女が前に言っていた、夢を持っているといつもありのままの自分でいられるってことなんだろうか。

そして、そんな彼女のことをずっと眺めていると――。

「……良《い》いな」

思わず漏れた言葉に、自分でも驚いた。

依然、七瀬《ななせ》は台本の書き込み作業に集中している。どうやら彼女には聞こえていなかったみたいだ。

今の言葉は場の雰囲気に流されて出た言葉だったのだろうか。それとも——。

暫《しばら》く考えたが、結局その時には結論が出ず、昼休みが終わった。

◇◇◇

「よっ、翔《かける》!」

授業の合間の休み時間。次の授業は移動教室なので廊下を歩いていると、修一《しゅういち》と遭遇した。彼はいつもの爽やかな笑みで手を振っている。

「修一、久しぶりな気がする」

「そりゃお前が最近学校休みまくってるからだろ。油断してると単位落とすぞ」

「そこはちゃんと計算してるから大丈夫だって。一年の時も二年の時も進級できてたでしょ。こっちには実績があるの」

「そんなこと自慢げに語るなよ」

修一は苦笑いを浮かべながらそう返した。

「そういやお前と七瀬って、いつの間に仲良くなったんだ？」

「えっ、いきなりなに？」

「だって噂《うわさ》になってんぞ……付き合ってるとかどうとか」

「……は？　なんでそんなことになってんの？」

「今日の昼休み、お前らが二人きりでどっかに行くところが見られてたらしいぜ。それも七瀬のファンにな」

「……そ、そうなんだ」

きっと旧校舎に行く時だ。あの辺は人が来ないから、そういうことを考えてなかったけど、もう少し注意すべきだったかもしれない。

「でも、あんな根暗でよくわからないやつが七瀬の恋人なわけがないって、ファンたちの間では結論付けられたらしい」

「なんだそれ。さすがに失礼だろ」

まあ変な誤解されなくて良かったけど……。

「で、結局のところはどうなんだ？」

「僕と七瀬？　何もあるわけないじゃん」

「本当か？」

「ニヤニヤして訊《き》いてくるな」

何を勘ぐってんだ、このイケメンは。

「悪い悪い。お前の浮いた話って中学時代も含めて初めてだったもんでついな。でもまさか相手があの七瀬《ななせ》とは……」

「だから何もないって言ってるでしょ。そんなこと言うやつは彼女に振られればいいのに」

「おいおい、恐《こわ》いこと言うなよ。……でもまあ七瀬じゃなくても、お前が誰かを好きになった時は俺に相談しろよ？　この恋愛マスターの俺が指南してやるから」

「はいはい」

この調子だと修一《しゅういち》はいつまでも話してきそうなので、僕は適当にあしらった。

僕が誰かを好きになること、ね。

これといった理由があるわけじゃないけど、たぶんそんなことはないだろう。

誰かを好きになっている自分が想像できないし……。

そう思いつつ、僕は修一と別れて次の授業の教室へと向かった。

◇◇◇

それから数日間。僕は学校に登校した日は毎回、昼休みは旧校舎に行って七瀬の演技の練習に付き合った。相変わらず七瀬はセリフを言っては台本に書き込みをして、必死に演技を上手《うま》くなろうとしている。

素直にその頑張りはすごいと思ったし、できるなら夢が叶《かな》って欲しいとも思った。

でも、夢に一直線な彼女を見ていると、まるでいまの僕の生き方を否定されているようで何とも言えない気分になった。


「今日も帰ったらゲームか漫画だな」

放課後。僕はさっさと帰るために、一人で廊下を歩いていた。

すると、後ろから慌ただしい足音と共に可愛《かわい》らしい声が聞こえてくる。

「ちょっと待って！　桐谷《きりたに》くん！」

振り返ると、七瀬がこっちに向かって走ってきていた。

「そんなに慌ててどうしたの？」

「……はぁ、桐谷くんさ……はぁ、教室出るの早すぎだよ……」

僕に追いつくと、七瀬はぜぇぜぇ言いながら膝に手をついている。

そんなこと言われても……。

「その……今日さ、実は私の劇団の稽古あるんだけど、もし良かったら見に来ない？」

七瀬は息を整えたあと、そんなことを言ってきた。

「稽古？　なんで僕が？」

「大丈夫！　絶対に面白いから！」

「別に面白さの心配をしてるわけじゃないって……」

七瀬《ななせ》がサムズアップしてくると、僕は呆《あき》れて額に手を当ててそう返した。

「えぇ～じゃあ何が問題なのさ」

「問題だらけでしょ。そもそも七瀬の劇団の稽古に僕が行く意味がわからないし」

「ならどうしたら稽古を見に来てくれるの？　せっかくこんな美少女が誘ってるっていうのに……」

「自分で美少女とか言うな」

あと美少女に誘われるなら、デートとかがいい。

「あんたたち随分と楽しそうね」

不意に鋭い声が耳に届く。

視線を向けると、そこには綾瀬《あやせ》と取り巻きの女子生徒、高橋《たかはし》と立花《たちばな》がいた。

「咲《さき》、私はいま大事な話をしてるの。こんな時まで突っかかってこないでくれる？」

「大事な話なんてしてなかったけどね」

言うと、七瀬からジト目を向けられる。いやいや、本当のことだから。

「もしかしてさ、レナってその根暗と付き合ってんの？」

綾瀬が嘲笑するような口調で訊《き》いてくる。

こいつ僕を七瀬をバカにする材料にしようとしてやがる。

「え〜そうなの？　七瀬って趣味悪いんだね〜」

「わ、私は……」

高橋は綾瀬の言葉に乗っかり、立花はどう言っていいか困っている様子。

「何を中学生みたいなこと言ってるの。君さ、ダサいよ」

七瀬は肩をすくめて、心底呆れた口調で言い放った。

相変わらず、女子のリーダー格相手にとんでもない態度を取るやつだ。

僕には絶対に真似《まね》できない。

おかげで、あまりにもストレートな七瀬の言葉に、綾瀬は悔しそうに唇を噛《か》んでいた。

「それより咲さ、もう立花さんに酷《ひど》いことしてないよね？」

今度は七瀬がそう訊《たず》ねた。

僕の新学期の初登校日。パシリにされそうだった立花を七瀬が助けた。

以来、七瀬は立花が同じような目に遭わないように注意を払っており、そのおかげか少なくとも目が届く範囲では立花は酷い扱いを受けていない。

「別にレナには関係ないでしょ」

「それって、もしかして、君……」

綾瀬の発言に、七瀬が瞳を細めて強く睨《にら》む。

なんだかキャットファイトが起こりそうな予感……。

「な、七瀬《ななせ》さん、私は大丈夫だよ」

すると、危うい空気を察したのか立花《たちばな》が二人の間に割り込む。

「ほんと？」

「う、うん。そもそも咲《さき》ちゃんってそんなに酷《ひど》い人じゃないし……」

そんなわけないだろ、と僕は思ったが、何故《なぜ》か立花の言葉は嘘《うそ》には聞こえなかった。

もしやそこまで悪いやつじゃないのか……いや、やっぱりそんなことない気がする。

「あっ、咲ちゃん！　そろそろ学校出ないと駅前に新しくできた喫茶店混んじゃうよ！」

急に高橋《たかはし》が言い出すと、綾瀬《あやせ》はスマホで時間を確認する。

「うわっ、マジじゃん！　さっさと行かないと！」

そうして綾瀬たちは焦った様子でこの場を離れようとする。

「ちょっと先に絡んで変なこと言ってきて。少しは謝りなよ」

「うるさいわね、こっちにも予定があるのよ」

そう返したあと、綾瀬は他の二人を連れて去っていった。

「なにあの態度。ほんと相変わらずだね」

「本当だな」

そう返しつつも、僕は少し違和感を抱いていた。

どうして綾瀬はここまで七瀬に突っかかってくるのか。ただのアンチにしては、なんかしつこ過ぎやしないか。……まあ僕の考え過ぎなのかもしれないけど。

「桐谷《きりたに》くん？　ぼーっとしてるけどどうかしたの？」

そんなことを考えていたら、七瀬が不思議そうに訊《き》いてきた。

「別に何でもないよ。ちょっと考えごとしてただけ」

「そっか。……で、これから私の劇団の稽古見に来ると思うんだけど」

「だから稽古なんて行かないって」

「まったくもう、往生際が悪いんだから」

そう言って、七瀬は頰《ほお》を膨らませた。

往生際が悪いのはどっちだ。強引にでも稽古を見に来させようとしやがって。

僕はそんなもの絶対に行くか。

◇◇◇

「どうしてこんなことに……」

呟《つぶや》いたあと、僕は大きくため息をついた。

何故なら、いま僕は七瀬が所属する劇団――『夕凪《ゆうなぎ》』の稽古場に来ていたからだ。

稽古場の場所は学校の最寄り駅近くにある劇場ホール。

以前、僕と桃花《ももか》が『メイドの名推理』を見た場所と同じところだ。

ところで、どうしてこんなところに来る羽目になったかというと、七瀬《ななせ》が下校中もずっと付いてきて挙句には大勢の人々がいる街の真ん中で何度も頭を下げてきたからだ。

何故《なぜ》七瀬があそこまで必死だったのかわからないけど、さすがにそこまでされたら断れなくて、僕は渋々『夕凪《ゆうなぎ》』の稽古を見学することになった。

ちゃんと許可は得ていて、僕は最前列の席で見学させてもらっている。

「ナナさん！　大変です大変です！」

舞台の上、他の演者がいる中で『メイドの名推理』の主人公のサポートメイド兼天然メイドの渋野《しぶの》エリ役として七瀬が演技をしている。ちょうど僕と練習したシーンだ。

練習の時と同じようなアホっぽい声と演技で、やっぱりとても上手《うま》かった。

「どうしましたエリさん。もしかしてまた事件ですか？」

主人公メイドの瀬戸宮《せとみや》ナナ役の女性が綺麗《きれい》な声音で演技を披露する。

こちらも役者なので、さすがの演技だ。当然だけど、素人の僕とはレベルが違った。

「そうなんです〜！　ご主人さまがまた事件に巻き込まれちゃったみたいなんです〜！」

次にまた七瀬のセリフ。特に変わることなく渋野エリという役を上手く演じていた。

瀬戸宮ナナ役の人の演技を見たあとでも、やっぱり七瀬の演技は他の演者と全く遜色ない……と思う。僕は演技に詳しいわけじゃないから合ってるかは自信ないけど。

でもこうして舞台上での七瀬の演技を見て、彼女は役者なんだな、と改めて認識した。

その後も稽古は続き、七瀬は演技をし続けた。

気のせいかもしれないけど、桃花と見た時より上手くなっている気がした。

昼休みに台本に書き込みを入れていた成果も、きっと出ているんじゃないだろうか。

そして、彼女はそれはもう楽しそうに演技をしていた。

これが私の好きなことなんだ、と言わんばかりに。

「カッコいいな……」

演技している彼女を見て、また思わずそんな言葉が出てしまった。

でも正直、カッコいいと思ってしまったんだ。

普段、七瀬は他人のことなんて考えず、その場の空気なんて気にもせず、堂々と自分がしたいことをして言いたいことを言う。

そんな部分が彼女の演技に影響してる気がして、惹《ひ》きつけられているのかもしれない。

「どう？　楽しんでるかしら？」

声がした方へ視線を向けると、三十代くらいの綺麗な女性がこっちに近づいてきていた。

次いで、彼女は僕の隣の席に座る。

「こ、こんにちは。七瀬のクラスメイトの桐谷翔《きりたにかける》です。その……」

「蓮川明美《はすかわあけみ》よ。この劇団の脚本家と団長をしてるの」

「だ、団長さんですか⁉　こ、この度は見学させていただきありがとうございます！」

「いえいえ、レナの友達だったら大歓迎よ」

団長さんは大人っぽい美しい笑みを浮かべる。綺麗《きれい》だなぁ。七瀬《ななせ》とは大違いだ。

「あの……一つ質問良いですか？」

「ええ結構よ」

「その……ここでの七瀬っていつもどんな感じですか？」

「レナ？　団員の中で最年少だし、とてもみんなから可愛《かわい》がられているわよ」

「……そうですか」

意外だ。あの七瀬が可愛がられているとか。

「でも、そうねぇ……」

団長さんは言うと、少し間を空けてから、

「少し生意気かしら？」

ニッコリと笑ってそう口にした。

「……そ、そうですか」

おかしい。さっきと同じ笑顔のはずなのに、ものすごく恐《こわ》いんだけど。

七瀬、お前は一体団長さんに何をしたんだ。

「具体的に挙げると色々あるけれど、一番生意気なのは私に逆らうところかしらね」

「逆らう!?　それも団長さんにですか？」

「ええ、そうよ」

団長さんは小さく頷《うなず》いた。

確かに七瀬ならやりそうだけど、本当にそうなのか？

ここは学校じゃないんだから、さすがに団長さんの冗談という可能性も……。

「明美さん！　ちょっと良いですか？」

稽古の途中、舞台上から七瀬が手を挙げて団長さんを呼んだ。

「あら、早速来たわね」

「まじですか……」

僕が驚いていると、団長さんはうふふと笑う。

それから七瀬が舞台から下りてきて、台本を開きつつ団長さんの傍《そば》まで来た。

「レナ、どうかしたの？」

「ここの場面なんですけど、演技する時にもっと舞台を広く使っていいですか？」

「そこは、そうね……」

団長さんは七瀬が見せている台本を真剣な表情で眺める。

団員一人の意見でも、ここまで真面目《まじめ》に考えてくれるんだな。

「広く使ってしまうと、あなたの役が目立ちすぎるからダメね」

そして団長さんは七瀬《ななせ》の意見を否定した。普通ならこれでこの話し合いは終わりだろう。

しかし、七瀬は違った。

「ここは私の役が目立ってもそんなにおかしくないと思うんですけど」

「いいえ、そんなことないわ。だってここは瀬戸宮《せとみや》ナナが推理を披露しているところよ。この場面で一番目立たせないといけないのはナナなの」

「でも私の役の渋野《しぶの》エリだって推理中のナナのサポートをしているじゃないですか」

「それでもここは主役のナナを目立たせたいの。だからあなたの意見は却下」

「ぐぬぬ……」

団長が再度否定しても、七瀬はまだ納得していない様子。

劇団の中で一番偉い人相手に、ここまで意見を言えるなんてある意味すごいな。

僕だったら絶対にできない。

それからもう何回かやり取りを繰り返したのち、ようやく七瀬は団長の言葉を聞き入れた。その後、稽古は再開する。

「ほらね、生意気でしょ」

「そうですね。でも学校でもあんなもんですよ」

「本当？　それは大変ね……」

団長さんが苦笑を浮かべた。そうなんです。大変なんです……。

「けれど、脚本を作ってる身としてはレナみたいに意見を言ってくれる人がいると助かるのよ。一人だとどうしても視野が狭くなっちゃうから」

「なるほど。じゃあ七瀬はそこまで団長さんに迷惑はかけてないんですね」

「まあそうね。レナが演技に一生懸命なのはよく伝わってくるから」

七瀬が演技に本気なことは知っている。なんせ彼女の夢はハリウッド女優なんだから。

「それにレナは演技をしている時、とても生き生きしているのよ。彼女のそういうところが私は好きなの」

「あぁ、それはわかる気がします」

団長さんの言葉に同意してから、僕は稽古をしている七瀬に視線を移した。

相変わらず、演技をしている彼女は楽しそうだった。

そしてその姿を見て、僕は複雑な気分になっていた。

いつでもどこでも他人に左右されず自分らしく行動して、夢に向かって一直線に人生を歩んでいる七瀬。

対して、学校には大して通わず、何を目標にするわけでもなく、肝心な時でも場の空気に流されて、だらだらと日々を過ごしている僕。

この時、僕は思ってしまった。

――果たしてこのままでいいのか、と。

◇◇◇

「さあどうぞ！　ここは私の奢《おご》りだよ！」

稽古が終わったあと、僕と七瀬《ななせ》は劇場ホールからすぐ近くのファミレスに入っていた。

僕は早く帰ろうと思っていたんだけど、七瀬が無理やり稽古の見学に来させたお詫《わ》びとしてどうしても奢らせてくれ、と言うので、奢りならと彼女に付いてきた。

今朝、両親は仕事で遅くなると聞いていたので、どうせ家に帰っても晩飯はない。

こういう時、桃花《ももか》は友達と食べてくるから、僕も七瀬の言葉に甘えさせてもらおう。

「僕はチーズハンバーグセットで」

「じゃあ私はオムライスにしようかな～」

お互いにメニュー表から頼む料理を決めると、七瀬が店員を呼び止めて二人分をまとめて注文した。なお、こんな時でも彼女はトレードマークの白のパーカーを着ている。

「それでどうだった？」

「どうだった、って何が？」

「演劇の稽古だよ。何か気づいたことなかった？」

「気づいたこと？」

問い返すと、七瀬はうんうんと頷《うなず》いた。

演技のことを訊《き》いているのか？

「七瀬の演技はすごく上手《うま》かったと思うけど」

「えっ、あ、ありがとう……」

不意をつかれたみたいに七瀬は頬《ほお》を染めて、言葉を返した。

「でも違うの。そうじゃないの」

「そうじゃないってなに。誰かを褒めて文句言われたの初めてだよ」

「それはごめんだけど……もっと他に何かなかった？」

七瀬が真剣な表情で問うてくる。

どうやらふざけてるわけじゃないみたいだけど、他に何かって言われてもなぁ……。


「あっ、桐谷《きりたに》じゃん！」

不意に名前を呼ばれた。男の声だ。

振り返ると、そこには僕たちとは違う制服を着た男子学生が三人いた。

ガラが悪そうで制服も悪い意味で着崩している。そして、彼らは僕の顔見知りだった。

「久しぶりだな、桐谷《きりたに》」

「女連れじゃん」

「しかも可愛《かわい》いし。ウケるな」

男子学生たちは僕たちの席に近づいてくると、そんな感じで各々話しかけてきた。

「み、みんな久しぶりだね」

それに僕は引きつった笑顔を作りつつ、言葉に詰まりながらそう返した。

「この人たちって桐谷くんの知り合い？」

「えっ、う、うん。まあ……」

七瀬《ななせ》の問いに、僕は迷ったように中途半端に返答する。

すると、代わりに三人の中で真ん中に立っている男子学生がはっきりと答えた。

「俺たち、桐谷と同じ中学だったんだ。そうだよな」

「そ、そうだね……」

その通りだ。三人とも僕と同じ中学出身で、一応、僕と友達。

名前も憶《おぼ》えている。伊藤《いとう》、菅原《すがわら》、山口《やまぐち》。いま僕の代わりに返答したやつが、伊藤だ。

「なあ桐谷。俺たちもここの席座っていい？」

「えっ、それは……」

「いいだろ？　あとなんか奢《おご》ってくれよ。俺たち最近金欠でさ」

伊藤は遠慮せず色々と注文してくる。

「お、奢りかぁ……」

「なあ頼むよ」

伊藤は申し訳なさそうなポーズを取るが、大半の人はこれが形だけってわかる。

普通なら断る場面だけど、僕は「無理」とは言い出せずにいた。

もし断ったらどんなことをされるかわからないから。

すると——。

「ちょっと君、久しぶりに会った同級生に奢れとか失礼じゃない？」

七瀬が鋭い声音で言い放った。

「は？　いきなり何言ってんの？」

「何言ってるはこっちのセリフ。どう見ても桐谷くん嫌がってるじゃん。それに気づかないとか君ってサル以下なの？」

「っ！　お前、ちょっと可愛い顔してるからって調子乗んじゃねーぞ！」

伊藤が七瀬を睨《にら》みつけながら言うと、他の二人も続いた。

「あんまり舐《な》めた口利くなよ」

「俺たち女だからって容赦しねーよ？」

威圧的な態度を取る三人。

一般人ならビビって声も出せなくなってしまう場面だ。

だけど、やはり七瀬《ななせ》は怖気《おじけ》づくことなどなく、逆に三人のことを睨《にら》み返した。

「君たちこそ、女を舐《な》めたらいけないよ？　気をつけないと大変な目に遭うから」

「大変な目？　そりゃ面白いな」

「やってみてくれよ〜」

「一体どんな目に遭うんだよ〜」

そうやって伊藤《いとう》たちはゲラゲラと笑ってバカにする。

そんな彼らに対して、七瀬は着ていたパーカーのポケットからスマホを取り出して、

「そうだなぁ……」

「例えば、警察がここに来たりします」

スマホの画面を伊藤たちに向けながら、そう言った。

しかも冗談とかではなく、画面には『１１０』の番号が表示されている。

待て待て!?　さすがにそれはヤバいだろ!?

「まじかよこいつ!?　頭おかしいんじゃねーの!?」

「正気じゃねーぞ!?」

七瀬のとんでもない行動に、菅原《すがわら》と山口《やまぐち》がたじろぐ。

「こいつマジでやばいやつだ……お前ら、巻き込まれる前にさっさと行くぞ」

伊藤も顔を真っ青にしながら指示すると、三人とも席に着くことなく店を出て行った。

そんな三人の後ろ姿を見て、僕は胸の辺りがスッキリした……けど。

「……本当に110番したの？」

「うん、しちゃった」

七瀬はドジっ子キャラみたいに可愛《かわい》らしく頭をこてんと叩《たた》く。

ここふざける場面じゃないだろ。

「でも繋《つな》がる前にちゃんと切ったよ？」

「それでもダメだから。というか、絶対にすぐに掛け直してくるよ」

そう言った瞬間、七瀬のスマホに着信。案の定、警察からだ。

「桐谷《きりたに》くん、どうしよう？」

「どうしようって……」

さすがの七瀬も警察にはビビるらしい。

ぶっちゃけ僕もかなりビビってるけどね。

でも、彼女は僕のことを助けてくれたわけだし……。

「しょうがないな。僕が説明するから」

僕は七瀬の手からスマホを取る。

「あ、ありがと……」

「それは僕のセリフだよ。その……助けてくれてありがとう」

それから僕は電話に出て、警察にあれこれと事情を話した。

当然のことながらめちゃくちゃ叱られた。

◇◇◇

「あー大変な目に遭った……」

警察に怒られに怒られたあと、僕たちはファミレスで食事を済ませた。その後店を出て、いまは街を二人で隣り合って歩いている。見上げると、空はすっかり暗くなっていた。

「ごめんね、桐谷《きりたに》くん」

「謝らなくていいって。七瀬《ななせ》は僕のこと助けてくれたんだから」

それでも七瀬は申し訳なさそうにしている。

気にしなくていいのに……。

「あのさ、さっきの人たちって桐谷くんの友達？」

「まあ一応、中学の頃の友達……」

中学生の時、僕は伊藤《いとう》たちと毎日を過ごしていた。

修一《しゅういち》とも喋《しゃべ》ったり遊んだりしていたけど、主に彼らと日々を送っていた。

「実はさ、中学生の時あいつらのグループに入ってたんだけど、さっきみたいな扱い多くてさ、正直息苦しかったんだ」

今もそうだけど、中学の頃は特に僕は場の空気に合わせてしまうタイプだった。

おかげで伊藤たちのグループの中での僕の立場は一番弱くて、簡単に言ってしまうと綾《あや》瀬《せ》グループの立花《たちばな》みたいな立ち位置だった。

どこかに遊びに行く時でも行きたい場所なんて言えず、何かを頼まれたら断ることはできない、そんな辛《つら》い中学校生活を送っていた。

「そうだったんだ……」

説明すると、七瀬は悲しそうに顔を俯《うつむ》かせる。

「そうそう。だから中学校は通ってても全然楽しくなかったよ」

いちいち周りに気を遣って、唯一楽しかったのは修一と話していた時くらいだろうか。

彼とは宿泊研修で偶然同じ部屋になって、喋っているうちに不思議と気が合って友達になった。

「もしかして桐谷くんがいま学校にあんまり来ないのってそれが原因なの？」

「……まあそうだね」

中学の頃みたいに誰かのグループに入って、他の人に合わせたり嫌なことを押し付けられたり、そういうことが嫌だから高校生になって僕はなるべく学校に行かないようにした。

それでも学校に来ている時は、場の空気に合わせたりしてしまうけど。

「でも、最近はあることを思うようになったんだ」

「？　どういうこと？」

僕の言葉に、七瀬《ななせ》は首を傾《かし》げる。

「七瀬はどんな時でも自分を曲げないというか、誰かに影響されたりせずに自分らしくいるでしょ？　そんな君を見て、僕はこのままでいいのかなって感じるようになったんだよ」

中途半端に学校に通って、阿久津《あくつ》や綾瀬《あやせ》みたいな力の強い人には何も言えず従って、学校に行かない日はただゲームをしたり漫画を読んだりするだけ。

七瀬を見ていたら、このままの自分じゃ駄目な気がして、逆にいつの間にか彼女のことを羨ましいと思うようになっていた。

「桐谷《きりたに》くん……」

僕が語ったあと、七瀬は少し驚いたように綺麗《きれい》な瞳を見開いていた。

「その……私は桐谷くんが学校にあまり行かなかったりするのはそんなに問題じゃないと思う。重要なのは君がいまこの瞬間にも自分らしく自分がやりたいことをできているかだよ」

「僕がやりたいこと？」

訊《き》き返すと、七瀬はこくりと頷《うなず》いた。

「うん、知っての通り、私はどんな時でも自分がやりたいことをするの。でね、そんな人生がとっても楽しいんだよ！」

七瀬はそう語ってニコッと笑った。

思い返してみれば、確かに彼女はどんな時でも楽しそうにしている気がする。

「だから、これから君は常に自分がやりたいことを考えながら過ごしていったら良いんじゃないかな？　それだけできっと毎日が楽しくなるよ！」

「僕がやりたいこと……か」

今まで他人に合わせてばかりいて、真剣に考えたことなかったな。

だけど、それでいまの中途半端な僕の人生を少しでも良くできるのなら……。

「わかった。正直、すぐにできるかはわからないけど、七瀬が言った通りにしてみるよ」

僕はそう返すと、ちょっと照れくさくなりつつも、

「……七瀬、ありがとう」

「ふふっ、どういたしまして」

七瀬はそんな言葉と一緒に笑顔を返してくれた。

今までは自分自身に多少の引っ掛かりを感じる時はあったけど、そこまで深く考えたことはなかった。

でも、どんな時でも自分らしくあり続けようとする七瀬《ななせ》のおかげで、少しずつでも自分を変えることができるかもしれない。

◇◇◇

翌朝。僕は起床すると、自室のカレンダーを確認する。

ちなみに昨日はあれから七瀬と他愛《たあい》もない話をしたあとに、そのまま別れた。

……で、カレンダーをチェックしてみると、一目で休んで良い日がわかるそれには今日の日付に『休』と記入されていた。つまり、今日は学校を休んで良い日ということ。

「……どうするかな」

昨夜、七瀬はあまり学校に行かないのは問題じゃなくて、常に自分らしく自分がやりたいことができているかが大事だと言っていた。

けれど、家にいたところで僕が僕らしくいられるかと聞かれたら……。

「支度でもするか」

呟《つぶや》いたあと、僕は学校に行く準備を始めた。

鞄《かばん》に教科書を詰めて、制服に着替える。

そしてカレンダーの今日の日付に書かれていた『休』の文字を消すと、部屋を出た。

その時、僕の気持ちは少しわくわくしていたんだ。

◆◆◆

「桐谷《きりたに》くん、ちゃんと気づいてたなぁ」

彼とあれこれと話した翌朝。

自宅の洗面台の鏡を眺めて、髪型や制服といった身なりを整えながら呟いた。

「つまり、私の努力は無駄じゃなかったってことだね」

ここ数日、学校での演技の練習や昨晩の劇団の稽古で、私は一番私らしくいられるところを桐谷くんに見てもらった。

それで『彼女』に似ている彼に何か良い影響を与えられたらと思っていたから。

正直、桐谷くんが何も思わなかったら、それはそれで仕方がないと思っていたけど、彼は現状の自分で良いのか迷っていることを話してくれた。

桐谷くんは変わろうとしているんだ。

「いきなり変わったりはしないだろうけど、今日から新しい桐谷くんが見れたりして！」

もし私みたいにパーカーとか着てくるようになっちゃったらどうしよう。

……いや、それはそれで可愛《かわい》いし面白いかも！

何ならスペアのパーカーもあるし、私とお揃《そろ》いの物を桐谷《きりたに》くんにも着てもらおうかな！

「とか思ったけど、まさか桐谷くん、学校来なかったりしないよね」

彼のことだから昨日あれだけ二人で話しておいて、普通に学校サボったりしそう……。

「でも良かったよ。少しは桐谷くんの役に立てて」

私はほっとしたように言葉を漏らす。これは彼に直接言ったことでもあるけど、学校に来たり来なかったりすることはそんなに問題じゃない。

それよりも彼が彼らしく生きているかどうかが大切なんだ。

……だけど、これで桐谷くんが『彼女』のようになってしまう心配が少しはなくなったかな。

「桐谷くん、今日は学校に来るかなぁ」

なんて呟《つぶや》きつつ鏡を見ると、目の前の私はちょっと笑っていた。

「さてはあれだね。この顔は桐谷くんに学校に来て欲しいなって思ってる顔だね」

鏡に映っている自分に探偵風に言ってみたけど、自分のことだから当然合っている。

その時、ふと私は思った。

もしかしたら桐谷くんと知り合って、私の人生は前よりもっと楽しいものになっているのかもしれない！

New
桐谷くん

第三章　桐谷翔《きりたにかける》と『彼女』

「えー、では私たち三年A組の星蘭祭《せいらん》での出し物は『ロミオとジュリエット』の演劇に決まりました」

新学期が始まって二カ月が経《た》った頃。

LHRの時間を使って、僕たちのクラスが星蘭祭について話し合っていると、文化祭実行委員の男子生徒がクラスメイト全員に聞こえるようにそう言った。

星蘭祭とは、言わば文化祭のことだ。

三年生の星蘭祭の出し物は演劇と指定されており、何をやるかは自由に選べて、僕たちA組は意見を出し合い、多数決の末『ロミオとジュリエット』に決まった。

理由は一番有名だし、お客さんも見やすそうだからとのこと。

「ロミジュリかぁ……」

隣の席の七瀬《ななせ》が少し不満げな声を漏らしている。

当然ながら本日も制服のブラウスの上にお気に入りのパーカーを着ていた。

「七瀬は嫌なの？」

「ううん。別にそういうわけじゃないけど……」

「だってロミジュリって、最後可哀《かわい》そうでしょ」

「まあ確かにそうだけど……」

「私はね、バッドエンドはあんまり好きじゃないの」

七瀬は腕組みをして、少し強めの口調で訴える。

普段、一秒一秒を全力で楽しんでいる彼女を見る限り、バッドエンドが好きじゃないのは何となくわかる気がした。

「たしか七瀬は『シンデレラ』が良かったんだっけ？」

「うん。だってあれハッピーエンドだし」

「七瀬の劇を選ぶ基準はそれしかないんだね……」

まあ僕も悲劇よりは喜劇の方が良いけど。

「それで桐谷くんは何役やるの？」

「えっ、演劇でってこと？」

「逆にそれ以外、何があるの……」

七瀬が少し呆《あき》れた口調で言ってきた。

「僕は裏方で良いよ。大道具係とかで」

「ええ⁉　高校最後の星蘭祭なのにそれでいいの⁉」

「じゃあ何なのさ？」

驚いた反応をする七瀬《ななせ》だけど、僕は端《はな》から何かの役を演じるつもりなんてなかった。

特に演技が嫌いとかそういうわけじゃないけど、それより大道具とか何かを作る方が好きなんだ。

……と僕が説明すると、

「好きなことなら全然良し！」

七瀬はサムズアップして笑った。

まだ少しずつだけど、僕は自分らしく自分がしたいことをするように心がけている。

「じゃあ七瀬は何の役やりたいの？」

「もちろんジュリエットだよ！」

食い気味にそう答えた七瀬。

そんな彼女の綺麗《きれい》な瞳はキラキラしている。

「でも、ロミジュリはあまり好きじゃないんじゃ……」

「そうだけど、ジュリエットは大好きなの」

訊《き》くと、なんとも七瀬らしい答えが返ってきた。

このクラスには七瀬ほど演劇に興味ありそうな人とかいないし、きっと七瀬が演じることになるだろう。

「では次に、配役を決めていきたいのですが、まずジュリエ――」

「はい！　はいはい！」

文化祭実行委員がまだ話している途中なのに、七瀬が手を挙げてアピールする。

さすが七瀬だ。おかげで文化祭実行委員が困惑した表情を浮かべている。

「では、他に誰かジュリエット役をしたい人はいますか？」

文化祭実行委員がクラスメイト全員に問いかける。

しかし、反応はない。

まあ小学生だったら単に目立ちたがり屋が主役をやったりするけど、高校生になってセリフが多くて大変な主役を進んでやりたがる人はなかなかいないだろう。

それこそ七瀬みたいに演じることが好きでない限り。

「それでは、ジュリエット役は七瀬さんということに――」

「待って！」

ジュリエット役が七瀬に決まりかけた時、教室に鋭い声が響いた。

声の主はなんと綾瀬《あやせ》だった。

もしかしてまた七瀬に突っかかる気だろうか。

そんなことを思っていると、

「あたしもジュリエット役に立候補するわ」

予想外の一言に、クラスメイトたちが少しざわつく。

それも当然だ。だって綾瀬《あやせ》みたいなタイプって一番、演劇に興味なさそうだし。

そもそも彼女は演技とかできるのか？　それ以前にセリフとか覚えられるのか？

「あれ、咲《さき》もジュリエットやりたいの？」

「そうよ。何か文句ある？」

「ううん。別に文句なんてないけど」

七瀬《ななせ》と綾瀬はそんなやり取りを交わす。

普通の会話をしているだけなのに、どうしてか教室の空気はヒリついており、二人の間にはバチバチと火花が散っているように見えた。

「わかりました。では後日、七瀬さんと綾瀬さんでジュリエット役をかけてオーディションをしてもらいましょう。二人ともそれで良いですか？」

文化祭実行委員が訊《たず》ねると、二人とも首を縦に振った。

オーディションか……。

「咲ちゃんならオーディション大丈夫だよ！　七瀬なんて蹴散らしちゃえ！」

「本当だな！　七瀬より綾瀬の方がジュリエットに似合っているし！」

綾瀬が取り巻きの高橋《たかはし》と鈴木《すずき》から励まされていた。

さらっと七瀬の悪口を混ぜているところが、かなり性悪だ。

「確かに咲はジュリエットに似合ってるかもな」

「篤志《あつし》、うるさいんだけど」

阿久津《あくつ》が笑いながら言うと、綾瀬は恥ずかしそうに返す。

教室でわざわざイチャコラを見せつけるな。

「その……七瀬も頑張れ」

こちらも負けじと、そんな風に七瀬を励ましてみた。

「もちろん！　咲には負けないよ～！」

彼女はやる気マックスで胸の辺りで両拳を握る。

こんなに元気なら励ます必要もなかったかもしれない。

「では次にロミオ役ですが――」

それから文化祭実行委員の進行で、どんどん配役が決まっていく。

結局、僕はどの役にも立候補せずに大道具係になった。

過去二回の星蘭祭《せいらんさい》は一応参加したものの、友達が沢山いるわけでもない僕はあまり楽しめなかった。修一《しゅういち》に一緒に回ろうと誘われても、彼女に遠慮して断ってたし。

……だけど今年は七瀬がいるおかげか、初めて星蘭祭を楽しめる気がした。

◇◇◇

昼休み。僕は旧校舎の空き教室で購買の焼きそばパンを食べていた。

ボランティア行事の件で阿久津《あくつ》が恐《こわ》くて、僕は未《いま》だに教室で昼食をとることができない。

ちなみに七瀬《ななせ》の演技の練習についてだけど、僕が『夕凪《ゆうなぎ》』の稽古を見学して以降、彼女からもう協力しなくて大丈夫、と言われたので、僕は一切彼女の練習を手伝っていない。

理由はわからないけど、もしかしたら僕の演技が下手すぎたのかも。

「桐谷《きりたに》くん、ちょっといい？」

色々と考えていたら、不意に七瀬に声を掛けられた。

彼女もここで一緒に昼食をとっている。

「ん？　なに？」

「その……実はさ、ジュリエットのオーディション用のセリフを練習したいと思ってるんだけど、また演技の練習に付き合ってもらうことってできるかな？」

七瀬は少し不安そうな顔で頼んできた。

星蘭祭《せいらんさい》について色々と決めている時、文化祭実行委員と七瀬、綾瀬《あやせ》の三人で話し合った結果、ジュリエットのオーディションの日は三日後に決まり、オーディションに使うセリフも決まった。

オーディションに使うセリフはもちろん「ああ、ロミオ様――」の部分だ。

ロミジュリの内容を知らない人でも、大半は知っているほど有名なセリフだからね。

「別に良いよ。僕は大道具係だから覚えるセリフとかないし」

「ほんと！　ありがと！」

七瀬は嬉《うれ》しそうにお礼を言う。

「でも、綾瀬相手にそこまで頑張る必要あるの？　七瀬は本物の役者なんだし、演技なら余裕で勝てそうな気がするけど」

もし綾瀬が多少演技ができるとしても、劇団で活動している七瀬には敵《かな》わないだろう。

「そんなことないよ。咲《さき》には余裕では勝てないと思う」

「えっ、なんで？」

「うーん、それは内緒」

訊《たず》ねると、七瀬は口元に指を当ててそう答える。

そんな彼女の仕草が少し艶っぽくて、ドキドキしてしまった。

「そ、そういえば、ロミオ役に阿久津が立候補したのは驚いたね」

鼓動の高鳴りを誤魔化《ごまか》すように、僕は話題を変える。

実はジュリエット役の次にロミオ役を決めることになったんだけど、なんと阿久津が立候補して、他に立候補者がおらず、そのままロミオ役は彼に決まってしまった。

阿久津《あくつ》も演劇とかには一番興味ないタイプだと思ってたのにな……。

「私は阿久津くんはロミオ役に立候補すると思ってたよ」

「……どうして？」

「咲《さき》がジュリエット役に立候補したから」

七瀬《ななせ》の言葉を聞いても、僕はいまいちピンと来ない。

つまり……どういうことだ？

「だって阿久津くんは咲のこと好きだし」

「そうなの⁉」

「っていうのは嘘《うそ》だけど」

「な、なんだ……」

僕が大きく息をつくと、七瀬はいたずらに成功した子供のように笑う。

思わぬスクープかと、ここ最近で一番びっくりしたわ。まったく、変な嘘をつくな。

「阿久津くんが咲のこと好きかはわからないけど、彼は咲の幼馴染《おさななじみ》だからね」

「……それは本当？　それとも嘘？」

「これは本当の話だよ」

「っ⁉　じゃあ二人は本当に幼馴染なんだ！」

普通にさっきと同じくらい驚いてしまった。

まさか阿久津と綾瀬《あやせ》が幼馴染だなんて。

でも、阿久津と綾瀬は基本いつも一緒にいるし、仲良さそうに話しているところもよく見るから、二人が幼馴染だって言われてもそれほど違和感はないか。

「だから阿久津くんはジュリエット役に立候補した幼馴染の咲が心配で、ロミオ役に立候補したのかなって思ってる」

「なるほど」

阿久津はオラオラ系だし自己中心的なやつだと思ってるけど、同じクラスだった去年も綾瀬だけには優しく接してる部分が多々あった気がする。

だから、七瀬が言ったことには納得できる。

「そういえば、どうして七瀬は阿久津と綾瀬が幼馴染だってこと知ってるの？　こう言っちゃ悪いけど、二人とはあまり仲良くないのに」

「そ、それはその……まあ他人《ひと》から聞いたというかなんというか」

七瀬は急にしどろもどろになりながら歯切れ悪く言葉を返す。

彼女には熱狂的なファンがいるし、その誰かから聞いたのかもしれない。

「それよりオーディションの練習しても良《い》い？　桐谷《きりたに》くんはロミオのセリフ言ってくれるだけで良《い》いから」

そう頼んでくる七瀬はいつの間にか自前のお弁当を食べ終えていた。

「えっ……わ、わかった。お昼食べ終えてからでも良《い》い？」

「全然オッケー！」

七瀬《ななせ》が右手でオッケーサインを作ると、僕は急いで焼きそばパンを口に詰め込む。

昼休みの時間はあまり残ってないから急がないと。

「桐谷《きりたに》くん！　その顔リスみたいですごい面白いよ！」

食べ物を頬《ほお》に溜《た》め込んでいる僕を見て、七瀬は爆笑していた。

君のせいでこうなってるんだから笑わないでもらっていいですかね。

◇◇◇

七瀬と綾瀬《あやせ》がジュリエット役に立候補してから三日後。

オーディション当日を迎えた。

これから放課後の時間を使って、教室でオーディションが始まることになっている。

今日まで、僕は七瀬との約束通り、昼休みにジュリエットの演技の練習に付き合った。

おかげでロミオのセリフを一通り覚えてしまったかもしれない。

それくらいロミオのセリフを言いまくった。

「よし！　今日は頑張るぞ！」

隣の席で七瀬が気合を入れている。

「七瀬、その……頑張って」

「ありがと！　桐谷くんには練習に付き合ってもらったし、絶対にジュリエットにならないとね！」

七瀬はちょっと楽しそうな笑みを浮かべている。

彼女は劇団で活動している役者だから、オーディションも何回か受けたことがあるのかもしれない。しかも、結構プレッシャーがかかるやつ。

それに比べたら、きっと文化祭の演劇のオーディションなんて楽勝だろう。

「咲《さき》、頑張れよ」

「ありがとう、篤志《あつし》」

チラリと見ると、綾瀬と阿久津《あくつ》が仲良さそうに話していた。

改めて観察してみると、二人が幼馴染《おさななじみ》だとしてもやっぱり違和感はない。

美男美女の幼馴染か。まるで漫画のキャラみたいだな。

なんてことを考えていたら、オーディションの準備が整ったみたいだ。

「それではこれよりジュリエット役のオーディションを始めたいと思います」

教壇の前。文化祭実行委員の男子生徒が宣言した。

ところで、オーディションのルールだけど、立候補者は順番にクラスメイト全員の前で事前に指定されたセリフで演技をする。

それを見てクラスメイトたちに誰が一番演技が上手《うま》かったかを判断してもらい、最終的には多数決でジュリエット役にふさわしい方を選ぶ。

これが今回のオーディションの主な流れだ。

「では、どちらが最初に演技をしますか？」

文化祭実行委員が立候補者の二人に訊《たず》ねる。

「はい！　私がやるよ！」

「あたしがやるわ！」

七瀬《ななせ》と綾瀬《あやせ》の手がほぼ同時に挙がった。

驚いた。七瀬は彼女のことだから一番にやりたがると思ってたけど、まさか綾瀬もこんな風に手を挙げるなんて。

心なしか、綾瀬の様子がおかしい気がする。

「珍しいね咲《さき》、こういうことにやる気出しちゃって」

「……別にいいでしょ」

七瀬が言うと、綾瀬は素っ気なく返した。

やっぱりおかしい。

いつもならどんな七瀬の言葉でも、綾瀬は結構感情的に返してくるのに。

それとも僕の気にしすぎか？

「どちらも先に演技をしたいみたいなので、順番はじゃんけんで決めましょう。それが一番早いので」

文化祭実行委員の指示で、二人はじゃんけんをする。

そして、綾瀬が勝ったため、彼女が初めにジュリエットの演技をすることになった。

ちなみに七瀬はじゃんけんで負けただけなのに、とても悔しそうにしていた。

「それでは準備ができたら、自分のタイミングで演技を始めてください」

綾瀬がクラスメイト全員の前まで移動すると、文化祭実行委員の指示が出る。

あとは彼女が演技を始めたら、オーディション開始だ。

綾瀬グループの取り巻きたち——高橋《たかはし》と鈴木《すずき》から「咲ちゃん頑張れ〜！」とか「綾瀬ならできるぞ！」というエールが送られる。

それが一通り収まったあと、綾瀬は演技を始めた。

「ああ、ロミオ様！　ロミオ様！　どうしてあなたはロミオ様でいらっしゃいますの？」

彼女のセリフを聞いた瞬間、僕は驚いた。

演技のことは詳しくないから具体的には説明できないけど、どう考えても綾瀬の演技は素人のそれじゃなかったからだ。

一体どうなってるんだ？

もしかして綾瀬《あやせ》も七瀬《ななせ》と同じように役者だったりするのだろうか。

「なんか上手《うま》くない？」

「あぁ、普通に上手いわ」

傍《そば》にいるクラスメイトたちがヒソヒソとそんなことを話し始めた。

どうやら彼らも僕と同じことを思っているみたい。

そして、その後も綾瀬は素人とは思えない演技を続けて――。

「さすれば、私も今を限りキャピュレットの名を捨ててみせますわ！」

最後までセリフを言い切った。

その時、綾瀬は少し息切れしていて額には汗が光っていた。

「すごいよ咲《さき》ちゃん！」

「綾瀬って演技とかできたんだな！」

演技が終わったあと、取り巻きたちが驚きつつも、綾瀬を褒めまくっていた。

加えて、クラスメイトたちも同じように綾瀬を称《たた》えている。

「良かったぞ、咲」

「篤志《あつし》、うるさいんだけど」

綾瀬が自分の席に戻ると、阿久津《あくつ》とカップルみたいな雰囲気でやり取りを交わす。

美男美女でイチャコラするな。

「咲は上手かったね。これは私も負けないようにしないと！」

七瀬はそんな感じで気合を入れるが、全く焦ってはなさそう。

たぶん本当に焦ってないんだと思う。

たしかに綾瀬の演技は上手かったし、結構ビビった。

でも、七瀬と比べると、正直そこまででもないと僕は思った。

そりゃ当然か。

綾瀬もどこかで演技の手ほどきを受けたことがあるのかもしれないけど、七瀬は現役で劇団に所属して舞台上で演技をしているんだ。

七瀬に演技で勝てる人はそうそういない……と思っているんだけど、本当に大丈夫かな？　実は僕が考えていたことが的外れだったりしないよね？

「次は七瀬さんですね、準備お願いします」

文化祭実行委員から指示されると、七瀬は先ほどの綾瀬と同じようにクラスメイト全員の前に移動する。

「七瀬が演技なんてできるの？」

「学校で一番の問題児ができるわけないだろ」

綾瀬グループの取り巻きの二人が遠慮なくバカにしてくる。

七瀬の正体を知らないくせに、ペラペラとうるさい連中だ。

その時、ふと七瀬《ななせ》と目が合った。

僕は「七瀬、頑張れ」という意味を込めて彼女に拳を向ける。

すると、七瀬は可愛《かわい》らしい笑顔で返してくれた。

刹那、僕の心拍数が一気に上がってしまう。

って、僕はこんな時に一体何を考えてるんだ。落ち着け、僕。

「それでは七瀬さん。自分のタイミングで演技を始めてください」

文化祭実行委員が促すと、七瀬は小さく頷《うなず》いた。

それから彼女は一つ深呼吸をして少し間を空けてから——演技を始めた。


「あぁ、ロミオ様!!　ロミオ様!!　どうしてあなたはロミオ様でいらっしゃいますの?」


七瀬がセリフを口にした途端、教室の空気が一変した。

最初の一言だけで、クラスメイトたちは一気に彼女の演技に引き込まれたんだと思う。

それほど七瀬の演技は魅力的だった。

「あなたのお父様をお父様でないと言い、あなたの家名をお捨てになって!!　それともそれがおいやなら、せめて私を愛すると誓言していただきたいの!!」

言葉の一つ一つが胸に響いてくる。

上手《うま》く言えないけど、彼女の演技は心に直接伝わってくる感じがするんだ。

「さすれば、私も今を限りキャピュレットの名を捨ててみせますわ!!」

そして、七瀬は最後のセリフを口にした。

演技は終わったというのに、教室は静かなままだった。

誰も喋《しゃべ》ろうとも動こうともしない。

まるで七瀬の演技で、クラスメイトたちが魔法にかかって固まってしまったみたいだ。

「やるわね」

すると、最初に言葉を発したのは綾瀬《あやせ》だった。

意外だ。もしかして自分の演技の方が勝ってると思っているのだろうか。

「まあね～咲《さき》よりはやるかな?」

「なにその言い方。物凄《ものすご》く腹立つんだけど」

七瀬が挑発的に言うと、綾瀬は少し怒って眉をひそめた。

「レナちゃんってあんな演技上手いんだね」

「まじで感動したわ」

クラスメイトたちが次々と感想を漏らしていく。

たぶんこれはみんな綾瀬より七瀬の演技の方が上手いと思っているな。

「七瀬のくせになかなかやるじゃん」

「そうだな、まあまあ上手《うま》かったな」

綾瀬《あやせ》グループの取り巻きであり七瀬《ななせ》アンチの高橋《たかはし》と鈴木《すずき》もぐぬぬ……みたいな表情を浮かべている。その顔がちょっと面白くて、僕は笑いそうだった。

「では、これから七瀬さんと綾瀬さん。どちらがジュリエット役にふさわしいか多数決で決めたいと思います」

七瀬が席に戻ったタイミングで、文化祭実行委員がクラスメイト全員に話した。

いよいよジュリエット役が決まる時間だ。

「今から順番に名前を呼ぶので、みんなはどちらか良いと思った人の名前が呼ばれた時に手を挙げてください」

文化祭実行委員は説明したあと、そこで一旦言葉を区切る。

続いて、彼が綾瀬と七瀬の名前を順番に言うと、クラスメイトたちは各々ジュリエット役にふさわしいと思う名前が呼ばれた時に挙手をした。

僕は演技だけだったら絶対に綾瀬より七瀬の方が圧倒的に実力が上だったと思う。

……だけど正直、もしかしたら僕はこうなるんじゃないかって何となく思っていた。

そして、今回はそれが見事に的中してしまったんだ。

——多数決の結果、ジュリエット役は綾瀬《あやせ》咲《さき》に決まった。

◇◇◇

「翔《かける》とお昼食べるの、なんか久しぶりだな」

オーディションから三日後。

昼休みに僕は食堂で修一《しゅういち》とご飯を食べていた。

「いつもは誘われても僕が断ってるからね」

「俺の彼女に遠慮してくれてんだろ。こっちとしては余計な気遣いなんだけどな」

「余計とはなにさ。僕は友達の恋愛を少しでも邪魔しないようにしてるっていうのに」

「そんなことしなくても、俺は彼女と別れたりしないから。前にも言ったろ。俺は恋愛マスターなんだって」

「はいはい。すごいねー」

「全然信じてないな、お前」

他愛《たあい》もない会話を交わしながら、僕は昼食を食べ進める。ちなみに今日のランチはチーズカレーだ。たまにしか来ないけど、食堂のメニューってどれも美味《おい》しいんだよな。

「そういえば最近、七瀬《ななせ》が学校に来てないらしいな」

不意に修一がそう口にした。

「……そうだけど、同じクラスでもないのになんで知ってるの？」

「そりゃ知ってるだろ。校内一の問題児が急に何日も学校を休んでるんだから」

「……そっか」

修一が言った通り、オーディションの日以降、七瀬は一度も学校に来ていない。

担任は体調不良と言っていたけど、本当のところどうなのかわからない。

オーディションに落ちたことがショックで休んでいるのかもしれない。

ところで、七瀬がオーディションに落ちてしまった理由だけど、簡単に言うとあれは〝忖度《そんたく》〟だ。

演技は七瀬の方が上手《うま》かったけど、綾瀬の方がクラス内での権力が強いし、男子のリーダー的存在の阿久津《あくつ》とも仲が良いから、多数決を採った時、クラスメイトはほとんど全員綾瀬の名前が呼ばれた時に手を挙げた。

今後、綾瀬や阿久津に目をつけられないようにするために。

加えて、七瀬アンチの生徒も綾瀬をジュリエット役にしようとする。

おかげで、七瀬の時は僕と七瀬ファンの数人しか手を挙げなかった。

……綾瀬はこうなることを見越して、ジュリエット役に立候補してきたのだろうか。

「翔さ、七瀬のこと心配じゃないの？」

「いきなりどうしたのさ」

「だって翔《かける》は七瀬《ななせ》と仲が良いんだろ？」

修一《しゅういち》に訊《き》かれてどう答えようか戸惑う。

僕って七瀬と仲が良いのか？　ただ僕が七瀬に振り回されていることが多いだけな気がするんだけど。

「……別にそんなことないよ」

「嘘《うそ》つくなって。たまに翔の教室行ったら仲良さそうに話してんの見るぞ」

「なんで見てるのさ。というか声かけてよ」

「バカかお前。いくらなんでも親友が女子と夢中で喋《しゃべ》ってる時に声かけるほど、俺は鈍感じゃないぞ」

「夢中で喋ってないし、変なこと言うな」

このイケメンは一体何を言い出すんだ。

「翔さ、最近お前、割と学校来るようになったじゃん」

「えっ……まあそうだね」

「それってたぶん七瀬のおかげなんだろ？」

修一が真剣な表情で訊《たず》ねてきた。

「……そうだね。七瀬のおかげだと思う」

「やっぱりな」

当たったことが嬉《うれ》しかったのか、修一はニヤリと笑った。

「なんでそんなことまでわかるの。もしかしてエスパー？」

「そんなわけないだろ。翔を学校に来させられるのは、この学校だと俺か七瀬ぐらいしかいないと思っただけだ」

「……まあ確かにそうかも」

けれど、七瀬は僕に学校に来るように強制はしていない。

むしろ、そこは大して問題じゃないと言ってくれた。

だからこそ、最近は単位関係なく自分の意志で学校に通えているのかもしれないけど。

「で、もう一度訊くけど、翔は七瀬のこと心配じゃないのか？」

「そ、それは……」

僕はどう答えようか一瞬、言葉に詰まる。

七瀬のことは心配している。

絶対にあり得ないとは思うけど、もしかしたら僕のように学校に行きたくなくなっていたら、という考えが頭の中を過《よぎ》ってるし。

「正直、七瀬のことは心配だけど、だからってどうすればいいのさ」

「そりゃお見舞いとか行った方が良《い》いだろ」

「お見舞いって……」

それをするとなると、七瀬《ななせ》の家に行かなくちゃいけないわけで……。

というか彼氏でもない男が一人で家にお見舞いって、それは大丈夫なのか？

……でも、七瀬にはかなり振り回されてきたけど、同じくらい沢山助けられてきた。

それに学校が嫌だった僕だけど、七瀬と出会ってからは前ほど嫌いではなくなってきている。修一《しゅういち》も言っていたけど、きっと僕は七瀬と過ごす毎日を振り回されて面倒だと思いつつも、心のどこかでは楽しんでいたんだ。

だから七瀬にはとても感謝している。

「やっぱりお見舞いくらいは行くべきだよね」

「おっ、行く気になったか？」

「うん。今日の放課後にでも行ってみるよ」

「おう、頑張れ。……あっ、でも七瀬が具合悪そうにしてても変なことするんじゃないぞ」

「そんなことするわけないでしょ……」

僕が呆《あき》れながら返すと、修一ははにかんだ。

こうして今日の放課後、僕は七瀬のお見舞いに行くことに決めた。

◇◇◇

「本当に来てしまった……」

午後の授業を終えてついに迎えた放課後。僕は七瀬家の前に立っていた。

住所は担任から教えてもらった。前に七瀬が僕の住所を聞いた時みたいに「最近休んでいる七瀬が心配で……」と言って。

実は七瀬家がお金持ちとかだったらどうしよう、と考えてもいたけど、彼女の家は一般的な大きさの一軒家なのでそんなことはなさそう。

「よ、よし……」

唾をごくりと飲み込んで、僕はインターホンを押す。

ピンポーンと鳴った直後、すぐに人が出た。

「はい、どちら様ですか？」

「あの、七瀬さん……じゃなくて、レナさんのクラスメイトの桐谷《きりたに》って言います。最近、レナさんが休んでいるのでお見舞いを――」

「あれ、桐谷くん？」

話している途中で、そんな言葉が返ってきた。

ん？　よく聞いたらこの声かなり聞き覚えがある。

「もしかして七瀬？」

「うん、でもどうして君が……？」

「それはまあなんというか……お見舞い的な？」

担任に体調不良だと聞かされたものの、実際はどうかわからないので僕は曖昧に答えた。

帰れとか言われたりしないかな……。

そんな不安を抱いていると、

「お見舞いに来てくれたんだ。ちょっと待ってて」

七瀬《ななせ》は明るいトーンでそう返すと一旦インターホンが切れた。

どうやら来てすぐに帰る羽目にはならなそうだ。

その後、すぐに玄関の扉がガチャリと開く。

「久しぶり！　桐谷《きりたに》くん！」

そう出迎えてくれた七瀬は、明らかに部屋着だった。

可愛《かわい》らしいデザインで、普段とは違う新鮮な姿に心拍数が上がってしまう。

「久しぶり……って言っても、三日ぶりくらいだけど」

「まあそうだね。良かったら中に入ってよ」

「えっ、う、うん……お邪魔します」

七瀬に招かれて、僕は遠慮気味に彼女の家に入った。

よく考えたら小学生の時以来、初めて女子の家に入るな。

……なんだかまた緊張してきた。

「どうぞ好きなところに座って」

七瀬家に入ったら、そのまま二階の彼女の部屋に案内された。

彼女の両親は共働きで不在らしく、いま家の中には七瀬しかいないみたい。

「でも意外だね。桐谷くんがお見舞いなんて」

「意外とは失礼だな。僕だってクラスメイトが学校休んだら心配くらいするよ」

「心配はするのかもしれないけど、今までの君だったらわざわざお見舞いなんて来なかったんじゃない？」

「うっ……まあ否定はできない」

これまでの僕だったら、今ごろ自分の部屋でゲームしてるか漫画を読んでるかだろう。

「あのさ、担任から聞いたんだけど、七瀬が学校休んでいた理由って本当に体調不良？　それともオーディションの結果が、その……」

「うーんとね、どっちもかな」

七瀬は少し考えて答えたあと、続けて話した。

「オーディションのあと、実はちょっと体調崩しちゃって念のため休んでたんだ。今度の休日にまた劇団の公演があるし」

「えっ、大丈夫なの？」

「うん。今はもうだいぶ良くなってるから大丈夫だよ」

安心させるように七瀬《なな せ》は笑顔を見せる。

見る限り、彼女は本当に大丈夫そうだった。良かった。

「でも、さっきどっちもって言ったってことは、やっぱりオーディションのことも」

僕の言葉に、七瀬はこくりと首を縦に振った。

「自信はあったからね。落ちたのはちょっとショックだったかな」

「……そうだよね」

七瀬は少し苦しそうな表情で俯《うつむ》いている。

今まで七瀬が落ち込むことなんてないと思ってたけど、彼女がこんな風になってしまうことってあるんだな。

「でもあれは七瀬の演技がダメだったっていうんじゃなくて、その……みんなが綾瀬《あや せ》に気を遣ったというか……」

僕は実力で綾瀬に負けたわけじゃないってことを話そうとする。

そうしたら少しは七瀬が楽になるかもしれないから。

「ありがと。でも私ね、桐谷《きりたに》くんが言おうとしてること知ってたよ」

「えっ……」

七瀬の言葉を聞いて、僕は一瞬返事に詰まる。

「それにこんな感じで落ちるかもって、受ける前から半分くらいわかってた」

「っ！　それじゃあどうしてオーディションなんて受けたのさ」

理不尽な理由で落ちるってわかってたら、無理に受けなくてもいいのに……。

「それはもう、どうしてもジュリエット役をやりたかったからに決まってるじゃん」

「オーディションには落ちるってわかってたのに？」

「そうだよ。将来ハリウッド女優になるんだったら、文化祭の劇のオーディションなんかで負けてられないと思ったし！　……まあ結局は落ちちゃったんだけどね」

七瀬は恥ずかしがるように小さく苦笑する。

だけど、彼女は続いてこうも語った。

「それに私はいつだって私らしくいたいから。落ちるってわかっててもやりたい役のオーディションは受けるんだよ」

そう言った時の七瀬はちょっと楽しそうだった。

自分らしく、私らしく。大切な話をしている時の彼女の口癖だ。

そんな彼女に僕は一つ疑問を抱いた。

「七瀬ってさ、どうしてそこまでして自分らしくあり続けようとするの？」

どんな時でも七瀬は自分がしたいこと、自分が思っていることをする。

例えば、校則違反のパーカーでも気にせず学校に着て来たり、綾瀬《あやせ》や阿久津《あくつ》に物怖《ものお》じせずに言いたいことを言ったり。

そんな彼女を僕は羨ましいと思い、正直、憧れてもいる。

……けれど、七瀬《ななせ》が自分らしくあり続けようとする理由を僕は知らないんだ。

「そうだね……」

七瀬はちょっと困ったような表情を浮かべて、俯《うつむ》く。

「その……そんなに話したくないことなら、無理して話さなくてもいいよ」

「いやそんなことないよ。むしろいつかこのことは君に話そうと思ってたんだ」

「……そうなの？」

「うん。まあ話しづらいことではあるけどね」

七瀬は笑っているけど、本当に大丈夫かな。

心配していたら、七瀬は自分を落ち着かせるように息をつく。

そして、彼女はこう切り出した。

「私はね、昔は桐谷《きりたに》くんと同じだったの」

七瀬の言葉を聞いて、僕は一瞬、どう反応すればいいかわからなくなる。

「えっと……それはどういうこと？」

「つまり、昔の私は桐谷くんみたいに……いや君以上に学校に行ってなかったってこと」

七瀬の発言に、僕は驚愕《きようがく》した。

「それって、本当……？」

「ほんとだよ。しかも少しでも学校に来てた桐谷くんとは違って、私は全く学校に行ってなかったの。完全な不登校状態だよ」

「七瀬が不登校って……」

予想外の話に、僕は言葉が続かない。

まさかあの七瀬が不登校だった時があるなんて。全く想像できない。

「その、どうして七瀬は不登校になったの？」

控え気味に訊《たず》ねると、七瀬は少し間を空けてから話した。

「……前にさ、桐谷くんは中学生の時は特に周りの空気に合わせちゃって、学校に行くのが辛《つら》かったって言ってたでしょ。私も同じだよ」

それから七瀬は昔のことについて語った。

七瀬が中学生の時、彼女は今とは正反対の人間だったらしい。

自分がやりたいことは二の次で、常に周りに気を遣って、友達のしたいことを優先させて、嫌なことでも頼まれたら断れず……彼女はそんな日々を送っていた。

そして、中学二年生のある日を境に、七瀬《ななせ》はいつも他人に気を遣ってしまう自分や人間関係に嫌気がさして、全く学校に行かなくなってしまった。

不登校になってからは、僕と同じように引きこもって、一日中ゲームをしたりテレビを見たりする日々。

七瀬曰《いわ》く、当時はもう学校に行くことは二度とないと思っていたらしい。

「……そんなことがあったんだ」

「うん、だから昔の私は君と似ていたんだ」

七瀬は笑っているけど、その笑顔はどこか悲しそうだった。

話しているうちに昔のことを思い出してしまったのかもしれない。

「……でも、それじゃあどうして七瀬はどんな時でも自分を貫くような……そんな人になったの？」

「それはね、一本の映画がきっかけだったの」

僕の問いに、七瀬はすぐに答えた。

「一本の映画……？」

「そう。その映画はね、私に沢山の勇気をくれたんだ」

その後、七瀬は自分を変えた映画について語ってくれた。

何でも七瀬の父親は映画鑑賞が趣味らしく、当時不登校だった七瀬は暇つぶしに何となく父親の映画コレクションの中から一本選んで見ることにした。

その映画の主人公は小説家を目指している女性で、彼女には婚約者がいる。女性は貧乏で、婚約者はお金持ち。もちろん家族や親戚は婚約者と結婚するように言った。

けれどある日、婚約者が女性にプロポーズをすると、なんと女性は断ったんだ。

自分には夢があるから、結婚なんてするつもりはないって。

周りからは猛反対されたけど、結局、女性は婚約者とは結婚せずに小説家を目指した。

すると、その結果、数年後に女性は見事に小説家になって、裕福にもなり、自分の家で貧乏だった家族と一緒に暮らすことができるようにもなったんだ。

「たとえ目の前に約束された幸せがあっても、それを捨ててまで自分の夢を選ぶ彼女の姿を見て、私は素直にカッコいいと思ったの。憧れたの」

七瀬はとても嬉《うれ》しそうに話していた。

きっと初めてその映画を見た時のことを思い出しているのだろう。

「……じゃあ七瀬はその映画に出てきた小説家を目指す女性みたいになりたくて、今みたいに常に自分らしくあり続けようとするようになったんだね」

「うん！　あとハリウッド女優になりたいって思ったのもその映画がきっかけなの！　映画は洋画だったから多くの有名なハリウッド女優が出演していたんだよ！」

そんな風に語る七瀬の瞳はキラキラと輝いていた。

きっといま彼女が話してくれた映画を見た時も、こんな瞳をしていたんだろうな。

「ふう、ちょっと話し疲れちゃったかな」

話に一区切りつくと、七瀬《ななせ》はぐーっと背中を伸ばした。

その時、彼女の服が少しずれて、おへそがチラリズムしそうになる。

「桐谷《きりたに》くん、私のおへそを見たら、罰金が発生するからね」

「待て待て。僕は七瀬のおへそなんて見てないぞ」

「嘘《うそ》だ～絶対にいま見てたよ。ちなみにおへそ見たら罰金一万円だから」

「高いけど、無理したら払えなくないのがいやらしいな」

そう返すと、七瀬はクスクスと笑う。

そんな楽しそうに他人をからかうのは止《や》めてくれ。

なんて思っていたら、ふとあることを思い出した。

「そういえば最初の頃、七瀬が僕にやたら話しかけにきた理由って、もしかして昔の君が僕と似ていたから？」

「そうだよ。君が昔の私みたいにならないか心配だったの」

僕の問いに、七瀬ははっきりと答えた。

あの時、どうして校内一の問題児がこんな半分不登校の僕に構うのか不思議だったけど、ようやく納得がいったな。

「桐谷くん、ありがとね。君がお見舞いに来てくれたおかげで、だいぶ元気になったよ」

「えっ……う、うん。それは良かった」

七瀬の急な一言に驚いたせいで、僕は噛《か》みまくりながら言葉を返してしまった。

突然、お礼とか言わないで欲しい。どう反応していいかわからなくなる。

「演劇は私も大道具の担当になっちゃったけど、頑張らなくちゃね！　桐谷くんと一緒に沢山、大道具作っちゃうぞ！」

「沢山は作らなくても良いんだけど……うん、頑張ろう」

僕が言うと、七瀬はやる気満々に拳を突き上げた。

なんか百個くらい大道具を作りそうな勢いだけど、大丈夫かな。

「でも咲《さき》はいいな〜、ジュリエット役できて」

「やっぱり主役やりたかった？」

「当然だよ。一番目立つし、沢山セリフあっていっぱい演技できるし」

七瀬は「いいな〜いいな〜」と呟《つぶや》いている。

平気そうにしてるけど、たぶんまだオーディションのことを引きずっているんだと思う。

「でも、なんで綾瀬《あやせ》はジュリエット役に立候補したんだろう。純粋に主役をやりたかったようには思えないけど……」

やっぱり七瀬に嫌がらせをするため？

それにしては演技が素人には思えなかったし、色々と引っ掛かる点がある。

「咲《さき》は単純に私に勝ちたかったんだと思う」

「？　それってどういうこと？」

僕がそう問いかけると、

「咲はね、昔は有名な子役だったの」

「ええ⁉　そうなの⁉」

まさかあの綾瀬《あやせ》が子役だったなんて……。

でも、これで彼女の演技が上手《うま》かったことの合点がいった。

「デビューした時は人気があったんだけど、成長するにつれて実力で他の子たちにどんどん抜かれていって、最終的には仕事が全くなくなっちゃったみたい」

「……そっか。厳しい世界だね」

だけど、それでも綾瀬は役者の道を諦めず様々なオーディションを受けまくったらしい。

……でも残念ながらオーディションには一つも受からず。

「そして、咲は最後の望みで『夕凪《ゆうなぎ》』の入団オーディションを受けたの」

「っ！　『夕凪』っていま七瀬《ななせ》が所属してる劇団の……」

それに七瀬は小さく頷《うなず》いた。

「そう。咲がオーディション受けた日に私も一緒にオーディションを受けてたの。それで咲は落ちて、私が受かったんだよ」

以来、綾瀬は役者業を辞めた、と七瀬は語った。

ってことは、綾瀬はそのオーディションのことを根に持って、ジュリエット役に立候補したのか。それに、七瀬にいつも突っかかったりしてきたのもオーディションのことが原因に違いない。

「オーディションの時はまだ同じ高校に進学するって知らなくてね、校内で初めて咲を見た時は驚いたなぁ。向こうも驚いていたし」

「じゃあそこから七瀬は綾瀬にちょっかいかけられるようになったの？」

「ちょっかいっていつものやつ？　あんなもん全然平気だけどね」

七瀬は胸を反らして自慢げにする。

確かに綾瀬と揉《も》めてもいつも平気そうにしてるし、なんなら綾瀬を返り討ちにしている。

だけど、今回みたいなこともあるし、本当に大丈夫なんだろうか？

「なんで心配そうにしてるのさ。桐谷《きりたに》くんみたいな人に心配されるほど私は弱くないよ」

「それはつまり僕が弱っちい人間だって言いたいの？」

僕の言葉に、七瀬はにこりと笑顔を返してきた。

まったく生意気なやつめ……。

でもこんなことができるくらいなら、きっと大丈夫なんだろう。

なんか心配して損したわ。

「……さてと、僕はそろそろ帰ろうかな。あんまり長居しても悪いし」

「別に気にしなくていいのに。なんなら泊まってく？」

「バ、バカじゃないの！　泊まるわけないじゃん！」

「あはは、顔赤くなってるよ〜」

七瀬《ななせ》はからかうように笑う。

完全にバカにされてるなぁ……。

「とにかく僕はもう帰るから」

「うん、今日は本当にありがとね！　星蘭祭《せいらんさい》、頑張ろう！」

「はいはい、わかってるって」

そう返して立ち上がると、僕はそのまま扉に向かう。

この調子だと明日か明後日《あさって》にはいつもの感じで学校に来るだろう。

「……はぁ」

ドアノブに手を掛けると、後ろから小さなため息のような音が聞こえてきた。

振り返ると、七瀬は何かを手に持って悲しげにそれを見つめていた。

それは『ロミオとジュリエット』の台本だった。

高三の僕たちにとって、星蘭祭は今年で最後。

それだけにきっと七瀬は僕が思っている以上に主役をやりたかったんだ。

「あれ？　桐谷《きりたに》くん、帰らないの？」

扉付近から動かない僕を見て、七瀬は不思議がる。

どうしよう。どうにかして七瀬を元気づけることはできないだろうか。

そう考えたところで、小学生以来、異性とロクに関わってこなかった僕ではなかなか思い付かないわけで……！

「あ、あの、七瀬って星蘭祭は誰かと回るの？」

「えっ、私は毎年一人で回ってるけど」

「一人なの!?」

「だっていつでも行きたいところに自由に行けるし。……でも桐谷くんに驚かれたくないな。どうせ君なんてまともに星蘭祭回ったことないんじゃないの？」

「うっ……まあそうだけど」

回ってないどころか、自分のクラスの出し物が終わったら勝手に帰ってた。

「そ、その……もし良かったらでいいんだけど……」

「？　桐谷くん、なんかすごい汗かいてるよ？」

「いまそういうところ気にしなくていいから」

割と真剣に話してる時に、こいつは……。

「七瀬《ななせ》さ、その……良かったら星蘭《せいらん》祭を僕と一緒に回らない？」

これ以上ないくらい心臓が高鳴りながら、僕は人生で初めて異性を文化祭に誘った。

すると、七瀬は目をぱちくりとさせる。

なんだその反応は……と思っていたら、急に七瀬が笑い出した。

「ちょ、ちょっと！　どうして笑うんだよ」

「だって、あの桐谷《きりたに》くんからまさかそんな風に誘われるなんて」

「全然意味わかんないんだけど……」

緊張しながら誘ったのに、それを笑うなんて……酷《ひど》すぎるぞ、この女。

「いいよ！　一緒に星蘭祭回ろう！」

「えっ、いいの？」

「もちろん！　断る理由なんてないし！」

「そ、そっか……」

七瀬にそう言われて、僕は少し嬉《うれ》しくなってしまった。

これであとは七瀬がジュリエット役ができなくなったことを忘れてしまうくらい、何とか僕が星蘭祭で楽しませよう。できるかどうかはわからないけど……。

「桐谷くんのおかげで星蘭祭がより楽しみになったかな」

「それは良かった。じゃあ今度こそ僕は帰るね」

「うん、ありがと。またね」

七瀬は可愛《かわい》らしく手を振ってくる。

「またな、七瀬」

それに僕は手を振り返すと、そのまま彼女の部屋を出た。

その時、七瀬がくすっと楽しそうに笑っていた。

◆◆◆

桐谷くんが部屋を出て行ったあと。

私は彼から星蘭祭に誘われたことを思い出して、また笑っちゃった。

でも、これは決してバカにしてるとかじゃない。

知り合ったばかりの頃の桐谷くんだったら、面倒くさがってきっと星蘭祭を一緒に回ろうなんて誘わなかったと思う。

だけど、さっきは私を心配してくれたのか、一緒に回ろうって誘ってくれたんだ。

要するに、桐谷くんは少しずつ確実に良い方向に変わっている。

それが私にはとても嬉しかった。

「これでもう昔の私みたいにはならないかな」

出会った頃の桐谷《きりたに》くんは『彼女』——過去の引きこもっていた頃の私にとても似ていた。そんな彼が心配で、私はどうにか過去の私みたいになってしまわないように行動してきたけど……もうその必要はないと思う。きっと桐谷くんは大丈夫だ。

「星蘭祭《せいらんさい》、楽しみだな！」

そう呟《つぶや》きながら、私は桐谷くんと一緒に回る星蘭祭のことを想像していた。

他の学年や生徒たちの発表を見たり、屋台とか巡ったり、他にも桐谷くんと一緒に回りたいところあるなぁ。

たぶんいまの私はニヤけちゃってる。

今までは一人で自由に回っていて、それはそれで星蘭祭を満喫できたけど、きっと桐谷くんと一緒に回る星蘭祭はもっと楽しめる気がするから！

うん、絶対に楽しくなりそう！

第四章　星蘭祭

七月上旬。そろそろ本格的に夏の暑さが襲ってくるこの時期。

とうとう星蘭祭の開催日がやってきた。

この日までに僕たちのクラス――三年A組は一カ月弱、演劇の練習を繰り返してきたため、準備は万端だ。

あとは本番を待つだけなんだけど、その前に僕には一つやることがある。

「お待たせ」

朝のホームルームが終わって教室の前の廊下で待っていると、七瀬《ななせ》がやってきた。

そう。これから僕は彼女と一緒に星蘭祭を回るんだ。

七瀬は今日も今日とてブラウスの上からトレードマークの白のパーカーを着ていた。

星蘭祭でもスタイルは変えないみたい。

「それでどこから行く？　それとも先に何か食べる？」

「えっ、そ、そうだなぁ……」

そう口にする僕は変に緊張していた。

これまで女子と二人で出かけたりとか一回もしたことないから、こういう時どんな感じで話せばいいか全くわからない。

「ちなみに私は少しお腹《なか》が空《す》いちゃってる！」

「そうなの？　じゃあ先に何か食べられるところに行こうか」

「うん！　ありがと！」

七瀬《なな せ》がニコッと笑う。

見慣れているはずなのに、今日は文化祭だからか、笑顔がいつもより可愛《かわい》く見えた。

そのせいでさっきから鼓動の音が騒がしい。

僕はこの調子で大丈夫なのか……。

「たしか一年生が出し物で教室を使って模擬店やってるから、そこに行こう」

「おっけー！　そうしよう！」

七瀬はやたらテンション高めに言葉を返すと、不意に僕の手を掴《つか》んできた。

「っ！　な、なに!?」

「混んじゃうかもしれないから、早く行こうよ！」

七瀬はそう言って、僕のことをグイグイと引っ張っていく。

その間、僕の心拍数はどんどん上昇していった。

まずい。このままだと彼女にリードされっぱなしになっちゃう。

そもそもジュリエット役のオーディションに落ちてしまった七瀬を励ますために、僕は星蘭祭《せいらん》を一緒に回ろうって彼女を誘ったんだ。

だから、何とか七瀬のことを楽しませないと。

頑張るぞ、僕。


「タピオカってこんな味するんだ」

僕と七瀬は一年生の出し物のメイド喫茶にやって来た。

そのため店員さんは全員メイド服を着ている。なぜか男性陣も含めて。

お店のおすすめメニューはタピオカドリンクみたいで、人生で一回も飲んだことなかったから注文して飲んでみたけど、普通に美味《おい》しかった。

タピオカは海外のイモで出来てるらしいけど、たしかにちょっとイモっぽい味もする。

「これで桐谷《きりたに》くんもタピラーだね」

「タピラー？　って、タピオカがめっちゃ好きな人ってこと？」

「たぶんそういうこと！」

「たぶんって……」

意味がわかってない言葉を適当に使わないで欲しい。

「……それよりさ、それなに？」

「ん？　なんのこと？　私は君と同じようにタピオカ飲んでるだけだよ？」

七瀬《ななせ》が言った通り、彼女はタピオカをストローでちまちま飲んでいた。

その仕草が、普段騒がしい彼女とは対照的でちょっと可愛《かわい》い。

だけど、僕が訊《き》きたいのはそこじゃない。

「タピオカ以外にも沢山食べものあるでしょ？　それ全部食べきれるの？」

七瀬の前のテーブルの上には、オムライスやらハンバーグやら他にも大量の料理が並んでいた。どう考えても女の子が一人で食べきれる量じゃない。

「これはもちろん桐谷《きりたに》くんとシェアするに決まってるじゃん」

「えっ、僕聞いてないんだけど」

「ちょっとしたサプライズだね！」

「そんなサプライズいらないよ……」

「まあほんとのこと言うと、桐谷くんに嫌って言われたら困るからだけど……」

「別に嫌じゃないけど……いややっぱり嫌かもしれない」

「あっ、酷《ひど》いなぁ。私とシェアするのが嫌だなんて。普通に泣いちゃうけど」

「シェアするのが嫌とかじゃなくて、その量絶対に食べきれないよ」

七瀬はもう一度目の前に並べられている料理に目を向ける。

「大丈夫だよ。桐谷くんならイケる」

「まさかの僕任せなの!?」

予想外の発言に、僕は呆《あき》れたようにため息をつく。

「そもそもなんでそんなに注文したのさ」

「せっかくだし、色んなもの食べたいでしょ」

「だからってこんな量頼む人いないでしょ」

正直、シェアされても食べきれる自信がない。

「まあまあそんなに怒らないでよ。ほら、桐谷くん」

七瀬は持っていたスプーンでオムライスをすくうと、そのまま僕の口元まで寄せてきた。

「い、いきなりなに!?」

「なにって知らないの？　はい、あーんってやつだよ」

「知ってるけどそうじゃなくて、なんでこんなことするの!?」

「だって男の子はこういうの好きでしょ」

からかうように言って、七瀬はオムライスを無理やり僕の口の中に入れた。

初めてのあーんに僕の鼓動がやたら激しくなる。

「美味《おい》しい？　美味しいでしょ？」

「まあ美味しいけど……」

「よしよし！　じゃあこの感じで全部食べきっちゃおう！」

「っ！　まさか最初からそのつもりで僕にあーんを――むぐっ」

言葉の途中、七瀬《ななせ》にまた強引にあーんされた。

おかげで口の中はパンパンだ。

「桐谷《きりたに》くん、リスみたいだよ！　可愛《かわい》いね！」

クスクスと笑う七瀬。

……バカにしやがって許さんぞ、七瀬。

まあ、あーんは本当に良かったけど……。

それから結局、僕は七瀬が頼んだ料理を全て食べることになった。

ちょっとは七瀬も手伝ってくれたけど、ほとんど僕が食べた結果、僕の腹が人生でトップレベルに苦しくなった。

……まじで、もう何も食べられません。

「かなり沢山見て回ったね！」

生徒や子供連れの家族で人通りが多い廊下を二人で歩いていると、隣から七瀬が嬉《うれ》しそうに言ってきた。

あれから僕と七瀬は色々な出し物を見て回った。

高二のダンスだったり、奇術部の巨大迷路だったり、オカルト部の占いだったり、他にもあと何個かある。

おかげで僕は両腕に大量の参加賞やら特典やらを抱えていた。

「それ落ちそうだけど、やっぱり私が手伝おうか？」

七瀬《ななせ》は僕の両腕から零《こぼ》れ落ちそうな参加賞たちを見て心配する。

「これくらい平気だよ。それより次はどこ行きたい？」

「また私が決めていいの？　桐谷《きりたに》くんが行きたいところ言ってもいいんだよ」

「僕はいいよ。特に行きたいところとかないし」

「本当？　それなら私が決めちゃうけど……」

七瀬はキョロキョロと周りを見回す。

そろそろ僕たちの演劇の時間も迫ってるから、次でラストかな。

「桐谷くん！　あそこ行こうよ！」

七瀬が指をさした先では、写真部が空き教室で記念撮影をやっていた。

どうやら写真部がお客さんの写真を撮ってくれるらしい。

「最後の星蘭祭《せいらんさい》なんだし、記念に二人で一緒に写真撮ろう！」

「え？　二人で撮るの？」

「……もしかして嫌なの？」

「嫌ってわけじゃないけど……」

「じゃあ決まりね！」

七瀬はそう言うと、上機嫌に鼻歌を歌い出した。

まあ今年で最後っていうのは本当だし、思い出は作った方が良いよな。

過去二回の星蘭祭はロクな思い出なかったんだし……。

そんなことを思いながら、僕たちは写真部が撮影している教室に入った。


中は割と本格的だった。

レフ板などの撮影用の道具が揃《そろ》っており、使っているカメラは一眼レフ。

まるで写真館に来たみたいだ。

「ではそちらに衣装があるので、お好きな服にお着替えください」

写真部の男子生徒が示した先には、様々なコスプレ衣装が揃っているハンガーラック。

チアリーディングの服、チャイナ服、和服……本当に色んな衣装があるな。

「桐谷くんはどれにする？　チアの服にする？」

「なんでだよ」

「だって面白そうだし」

「それ普通に酷《ひど》いんだけど」

僕のことをなんだと思ってるんだ……。

「でも、せっかくだし同じ服着ようよ。お揃いで撮ろ！」

お願い！　と両手を合わせて頼んでくる七瀬《ななせ》。

そう言われても、さすがにチアの服は……。

「まあ断られても強引に着せちゃうけど、写真部の皆さん！　この人にチアの服を着せちゃってください！」

「っ！　なに勝手なこと言ってんの!?　っていうか、写真部の人もやる気満々でこっちに来るな！　や、止《や》めろ！」

その後、抵抗も空《むな》しく、写真部の人たちに囲まれて強引にチアの服を着せられた。

最悪だ……。


「大変な目に遭った……」

場所は変わらず空き教室。あれから僕は七瀬と写真部の皆さんによって、チャイナ服やスパイ服など、様々な衣装に着替えさせられて写真を撮られた。

一応、全部七瀬と一緒にだけど……。

ちなみに今はもう僕も七瀬も制服姿に戻っている。

「桐谷《きりたに》くん、結構ノリノリだったね」

「この顔を見て、まだそんなことを言える？」

「そんな怒んないでって。でも、私は楽しかったよ！」

「っ！　そ、そっか……」

七瀬が楽しんでくれたなら、まあいっか。

そもそもそのために彼女と一緒に星蘭《せいらん》祭を回ってるんだし。

「お客様、最後にもう一枚撮りましょうか？」

二人で話していたら、写真部員がそう訊《たず》ねてきた。

「良《い》いんですか！」

「はい、今はそれほど人がいないので、あと一枚くらいなら大丈夫ですよ」

写真部員の言葉に、七瀬は綺麗《きれい》な瞳を輝かせながら、次はどんな写真を撮ってもらおうかと考える仕草を見せる。

「じゃあ制服のまま撮っても良《い》いですか？」

「もちろんです」

七瀬の問いに、写真部員は頷《うなず》いた。

その後、写真部員の方は撮影の準備を始める。

「七瀬、どうして制服なの？」

「どうせなら最後は私らしい姿を撮ってもらおうかなって」

七瀬は自分のトレードマークの白のパーカーを指さした。

あぁ、なるほどね。

「もちろん桐谷《きりたに》くんも一緒に写真撮るんだよ？」

「はいはい、わかってるって」

暫《しば》し待っていると、写真部員から声が掛かった。

「では、これから撮影を始めますね」

そう口にした写真部員は一眼レフを持っている。他の部員もレフ板を持ったり、照明を当てたりしている。撮影場所は先ほどと変わらず、教室の黒板の前。

ちなみに、いまは黒板は背景用の布で隠れている。

すると、七瀬《ななせ》が急に手を挙げた。

「あのすみません。後ろのこれ取っても良《い》いですか？」

彼女が指さしたのは、黒板を覆っている背景用の布だった。

「でもそれを取ると、あとでパソコンで背景を変えることができなくなりますよ」

「大丈夫です。私は背景を教室にしたいので」

七瀬がもう一度お願いしますと写真部員たちに頼む。

すると、それを了承した彼らはすぐに背景用の布を取ってくれた。

「どうしてこんなことするのさ」

「それは私たちが制服を着てるから。背景は教室の方が良《い》いでしょ」

「まあ確かに……」

だからってわざわざ背景用の布を取って、なんて普通は言わないけど。さすが七瀬だな。

その後、なんと彼女は黒板に「星蘭《せいらん》祭最高！」という文字やよくわからない可愛《かわい》いキャラを描きまくった。

これも写真部に許可をもらったけど、なんだかもうやりたい放題だ。

「では、撮影を始めていくのでお好きなようにポーズを取ってください」

そうして、やっとのことで撮影が始まった。

これ以上は変なことは起きないだろう。

そう思っていた僕だったけど、ふと隣を見ると七瀬が不思議なポーズをしていた。

左手はピースっぽくして頭の前付近に、右手はオッケーサインみたいにして頭の後ろにある見たこともないポーズだ。

「……七瀬、そのポーズなに？」

「これはね、私が考え出したオリジナルポーズ！」

「そ、そっか……」

「どう？　可愛いでしょ？」

自信ありげに訊《たず》ねてくる七瀬。

最初見た時はなんだこのポーズって思ったけど、よく見ると確かに可愛いかも。

「これ、私がジュリエット役だったらロミジュリに取り入れようと思ってたんだ！」

「ロミジュリのどこにそんなポーズを入れる場面があるのさ」

もしかしてあの有名な「ああ、ロミオ様――」の部分とか？

いやいや、もしそんなポーズしたら演劇が台無しになる。

「そうだ！　桐谷《きりたに》くんも一緒にこのポーズしようよ！」

「ええ!?　僕も？」

「そうだよ。お揃《そろ》いのポーズで写真撮ろう！」

「そのポーズを……？」

「そんな嫌そうな顔しないでよ～絶対に楽しいから！　ね？」

七瀬《ななせ》は期待に満ちた瞳で、僕に顔をグイッと近づけてきた。

刹那、僕の鼓動が段々と速くなっていく。

こんな顔されたら、断れないんだよなぁ……。

「わ、わかった。やるよ、やるから」

「ほんと！　やったね！」

七瀬ははしゃぐように喜んだ。まったくズルいやつだ。

それから僕は七瀬から不思議ポーズの仕方を教えてもらう。

その間、写真部を待たせてしまったんだけど、彼らは嫌な顔一つせずに待ってくれた。

写真部、優しすぎるでしょ。

「じゃあ撮っていきますね」

写真部員が一眼レフを持って、パシャパシャと写真を撮っていく。

僕たちは不思議ポーズをしているんだけど、慣れない体勢でじっとするのってなかなかキツイな。

「桐谷くん、ちゃんとポーズしてる？」

「心配しなくてもしてるって」

ポーズが崩れないように頑張ってるんだから話しかけないでくれ。

その後、さらに何枚か写真を撮ってもらうと、ようやく撮影が終わった。

「じゃあ今から写真をプリントアウトするので、あちらで少し待っていてください」

そう指示されて僕たちは待機スペースに、写真部員はノートパソコンと印刷機がある教室の隅の方に向かった。

「良い感じに撮れてるといいね！」

「うん、まあ写真部の人だから大丈夫だと思うけど」

「でも、桐谷くんがあのポーズを一緒にやってくれて良かったよ！」

「まあ一緒のポーズを取るくらいどうってことないよ」

「でも、集合写真の時に私があれやっても誰も一緒にやってくれなかったんだよ」

「そりゃ集合写真だったらやらないでしょ」

というか、そんな時も不思議ポーズやってたのか。

一人だけ浮きまくりじゃん。

「お待たせしました。写真ができましたよ」

不意に写真部員から声を掛けられた。

びっくりした。写真できるのって意外に早いんだな。

「はい、どうぞ」

「ありがとうございます！」

写真部員が僕たちの写真を差し出すと、七瀬《ななせ》がそれを受け取った。

次いで、僕たちは他のお客さんに迷惑にならないようにひとまず教室を出た。

「はい、これ桐谷《きりたに》くんの分」

「あ、ありがとう……」

廊下で七瀬から写真を受け取ると、早速確認してみる。

全く同じ不思議ポーズで二人並んでいる僕と七瀬。

面白おかしい写真だけど、良い感じに撮れてると思う。

写りもかなり綺麗《きれい》だ。

「すごく良《い》い！　でも、桐谷くんのポーズはまだまだかな」

「なんでだよ、どう見ても完璧でしょ」

「全然完璧じゃないよ～。この左手の位置とか」

左手の位置って。さすがにそんな細かいことまで言われても……。

「でも桐谷くんと良い思い出が作れて良かったよ！　桐谷くんも私と思い出作れて良かったよね？」

七瀬はニヤつきながらからかうような口調で訊《き》いてくる。

この言い方、どう考えてもイエスしか言わせないようにしてるだろ。

「まあ……七瀬と思い出作れて良かったよ」

「ね！　良かったよね！」

七瀬はとても嬉《うれ》しそうにしている。

「私、この写真大事にするから、桐谷くんも失《な》くしちゃダメだよ」

「失くさないって……たぶん」

「あっ！　いまたぶんって言ったね！」

「絶対！　絶対に失くさないようにします！」

「よし！　それなら許す！」

七瀬はわざとらしく偉そうな口調で言った。

僕はいま一体何を許されたんだ……。

「さて、そろそろクラスの演劇の時間だし、教室に戻ろっか」

「えっ、もうそんな時間か」

スマホで確認すると、確かにクラスの演劇の時間が迫っていた。

「七瀬《ななせ》、その……教室に戻る前に一つ訊《き》いていい？」

「？　どうしたの？」

「あの……今日さ僕と一緒に星蘭祭《せいらんさい》を回って楽しかった？」

少し言葉に詰まりつつ、七瀬に訊《たず》ねる。

それに彼女は可愛《かわい》らしい笑みを浮かべて、

「そんなの楽しかったに決まってるでしょ！」

「っ！　そ、そっか。なら良かった」

正直、七瀬のことを楽しませられたのか不安だったけど、少なくとも及第点はもらえたみたいだ。

「よーし、演劇頑張るぞ！　って言っても、私と桐谷《きりたに》くんは本番は大道具を運ぶくらいしかしないけど！」

「そうだけど、でも頑張ろう」

「うん！　桐谷くんと一緒に沢山、大道具運んじゃうぞ！」

「沢山は運ばなくても良いけどね……」

そんな風に僕と会話する七瀬は笑顔だった。

この様子を見る限り、もうオーディションのことも引きずってはなさそうだ。良かった。

それから僕たちは星蘭祭で回ったところのどこが面白かったとか談笑しつつ、教室に向かった。

◇◇◇

教室に戻ったあと。僕たち三年A組は演者の人たちは衣装に着替えて、大道具を担当している人たちは数人がかりで大道具を持って、体育館に移動した。

体育館に入ったあとは舞台裏に行き、大道具を置いて、あとは僕たちの前にやっている他クラスの演劇が終わるまで待つのみだ。

それが終わり次第、僕たちのクラスの『ロミオとジュリエット』の公演が始まる。

「咲《さき》、主役なんだから頑張れよ」

「わかってるわよ。というか主役はあんたもでしょ」

舞台裏にて、阿久津《あくつ》が励まして綾瀬《あやせ》がツンと返していた。

ジュリエット役の綾瀬は煌《きら》びやかなドレスを、ロミオ役の阿久津は貴族っぽい衣装を身に纏《まと》っている。

いま思ったけど、阿久津が七瀬に突っかかってたのって、幼馴染《おさななじみ》の綾瀬のためだったんだろうな。だからと言って、やって良いことじゃないけど。

「咲《さき》ちゃん、衣装すごい似合ってる！」

「わ、私もそう思うよ」

「そう？　ありがと」

「篤志《あつし》も似合ってるぜ、それ」

「うるせ、いちいち褒めんな」

綾瀬《あやせ》グループの取り巻きたち——高橋《たかはし》と立花《たちばな》、鈴木《すずき》が加わって、五人でわいわいと会話を交わしている。本番前なのに騒がしい連中だなぁ。

「桐谷《きりたに》くん！」

急に後ろから声を掛けられる。

振り返ると、僕と同じ学校指定の体操服を着ている七瀬《ななせ》がいた。

大道具係は本番で大道具の移動がしやすいようにみんな同じ格好をしている。

「桐谷くんってさ、私がいなかったらずっと一人でいるよね」

「唐突になんの話!?」

「だってさっきから桐谷くんのこと観察してたら、ずっと君一人でぼーっとしてるから」

「お、おい！　他人《ひと》の恥ずかしいところを見るな!?」

僕が慌てると、七瀬はくすっと笑う。

そんなに他人をバカにして楽しいですかね。まったく。

「やっぱりあんたたちって仲良いのね」

不意に綾瀬が近づいてきて、いつかと同じように突っかかってきた。

一方、阿久津《あくつ》は他の取り巻きたちと一緒に喋《しゃべ》っている。

「本番前に私たちに絡んでくるなんて余裕だね」

「ぐっ、う、うるさいわよ」

一切動じない七瀬に、綾瀬は悔しそうな表情を浮かべる。

でも綾瀬は続けて攻撃をするかと思ったけど、それ以上何かを言ったりはしなかった。

実はオーディション以降、二人はあまり派手に揉《も》めたりしなくなったんだ。

理由は、綾瀬があまり七瀬に絡んでこなくなったから。

もしかしたら七瀬を差し置いて、ジュリエット役になったことを後ろめたく思っているからかもしれない。あくまでも、もしかしたらの話だけど。

「まあジュリエット役頑張ってよ。セリフ間違っても動揺したらダメだよ」

「っ！　わかってるし、そもそもあたしはセリフを間違ったりなんかしないわよ」

「そっか。それなら安心だ」

ニコニコしてる七瀬に対して、綾瀬はどこか気まずそうな表情を浮かべている。

二人が顔を合わせても言い合いにならないなんて、違和感あるなぁ。

「おい咲《さき》、そろそろ俺たちの番だぞ」

阿久津《あくつ》がそう伝えて、こっちに近寄ってきた。

舞台の方をチラリと見ると、どうやら僕たちの一つ前のクラスの演劇が終わったみたい。

いよいよ僕たちのクラスの出番だ。

まあ僕は大道具の担当だから、本番中は大道具の移動くらいしかしないんだけど。

「わかったわ。連絡ありがと」

「つーか、本番前に七瀬《ななせ》となんか絡むなよ」

阿久津は七瀬とついでに僕を警戒するように睨《にら》んでいる。

今からみんなで演劇しようって時に、わざわざ敵意向けなくても良《い》いのに。

……でも全部の事情を知ってみると、これは阿久津なりに幼馴染《おさななじみ》の綾瀬《あやせ》を守ろうとしているのかもしれない。

――その時だった。

「まずい！　倒れるぞ！」

不意に男子生徒の焦った声が聞こえた。

急いで視線を移すと、なんと近くに置いていた僕の身長の四倍くらいある背景用の建物の大道具が倒れてきていた。

そして、それは僕と七瀬、阿久津と綾瀬がいる方向へ。

「危ない！」「危ねぇ！」

咄嗟《とっさ》に叫ぶ僕と阿久津。

僕は二人して下敷きにならないように、七瀬を押し出すように倒れ込む。

直後、バタン！　と大きな音を立てて背景用の大道具が倒れた。

「いてて……七瀬、大丈夫？」

「うん、大丈夫……」

倒れたまま訊《たず》ねると、七瀬はそう返した。

起き上がって彼女を見てみると、特に怪我《けが》もなく問題なさそうだ。

良かったぁ。骨折してたり大きな傷とかできてたらどうしようかと思った。

「ありがと。カッコよかったよ、桐谷《きりたに》くん」

「そりゃどうも」

ニコニコしながらお礼を言ってくる七瀬。

それに僕は少し顔を逸《そ》らしながら言葉を返した。

カッコいい、とか言われ慣れてないから、普通に照れくさいな。

「咲！　大丈夫か！」

不意に阿久津《あくつ》の慌てた声が聞こえる。

彼の傍《そば》には綾瀬《あやせ》がいた。

阿久津が彼女を守ったのか二人とも下敷きにはならずに済んだみたいだけど、どうも綾瀬の様子がおかしかった。

「いたっ……！」

綾瀬が床に座り込んで足を押さえている。

そんな彼女は苦しそうに顔を歪《ゆが》めていた。

「なんかまずくない？」

「あぁ、ヤバそうだな」

「ど、どうしよう……」

ただならぬ様子に、綾瀬グループの取り巻きたちも心配している。

「こりゃすぐに保健室に連れていかないと！」

「篤志《あつし》、落ち着きなさいよ。これくらい全然平気だから」

綾瀬はそう言って立ち上がろうとする。

しかし――。

「いたっ！」

声を上げて、すぐに床に倒れてしまった。

立ち上がれないところを見ると、少なくとも捻挫はしてしまっていると思う。

正直、そんな状態で演技をするなんてとてもじゃないけど不可能だ。

「おい、無理すんなよ！」

阿久津は心配そうに声を掛ける。

「うるさいのよ。あたしが保健室なんか行ったら劇はどうするのよ」

「そんなの他のやつに任せるしかないだろ！」

「そんなのできるわけないでしょ！　セリフ幾つあると思ってるのよ！」

「そ、それは……」

綾瀬の指摘に、阿久津が言い淀《よど》む。

ジュリエットは『ロミオとジュリエット』の主役。当然ながら出番もセリフも多い。

それを全て把握している人なんて、ジュリエット役の綾瀬以外には誰もいない。

「誰か！　咲《さき》の代わりにジュリエットをやってくれるやつはいないか！」

それでも阿久津は周りのクラスメイトたちに訊《たず》ねる。

しかし、彼女らはみんな阿久津から目を逸《そ》らして何も答えない。

当然だ。誰だって舞台の上で恥をかきたくはないだろう。

「ほら、あたし以外にジュリエットはできないのよ」

「でもその足じゃ……」

阿久津《あくつ》はどうしても綾瀬《あやせ》を舞台に出させたくないようだ。

きっと幼馴染《おさななじみ》の彼女のことを大切に想《おも》ってのことだろう。

周りには不穏な空気が漂っている。

このままだと演劇自体ができなくなるんじゃないか、と誰もが思っていた。


「私がジュリエットをやる！」


不意に手を挙げたのは七瀬《ななせ》だった。

でもこの時、僕はそこまで驚かなかった。

七瀬ならきっと綾瀬の代わりにジュリエット役をやると言い出すと思ったからだ。

だって彼女はそういう人だから。

それに七瀬はオーディションに立候補しているし、そもそも劇団で活躍する役者だから、
今からジュリエットを演じることになっても全く問題なくやり遂げられる。

「レナ、あんた……」

綾瀬が座り込んだまま嫌そうな表情を見せる。

過去のこともあるし、彼女としては七瀬には役を譲りたくないのだろう。

「私もできれば咲《さき》にジュリエットをやって欲しいけど、その足じゃ無理でしょ」

「……ええ、そうみたいね」

「だったら私がジュリエットをやる。咲も演劇自体をダメにしたくはないよね」

七瀬が問いかけるが、綾瀬は答えなかった。

それに答えたら、完全にジュリエット役が七瀬に渡ってしまうからだ。

「大丈夫！　咲の分まで最高のジュリエットを演じてみせるから！」

すると、七瀬は安心させるように綾瀬の右手をぎゅっと握る。

それに綾瀬は少し驚いたあと、諦めたように小さくため息をついた。

「……わかったわよ。ジュリエット役はレナに譲るわ」

「っ！　ありがとう、咲！」

七瀬がお礼を言うと、綾瀬は首を左右に振った。

「いいえ、そもそも公平なオーディションの結果じゃなかったんだから、レナがジュリエットをやるのが正しいのよ」

「咲……」

「悪かったわね、卑怯《ひきょう》な真似《まね》をして」

綾瀬は申し訳なさそうに謝った。

ということは、やはり彼女はオーディションに立候補した時点で演技の出来に関係なく自分が勝ってしまうことがわかっていたのだろう。

「なに言ってんの！　全然気にしてないよ！」

「レナ……ありがとう」

その時の綾瀬《あやせ》は少し泣きそうになっていた。

この様子だと、七瀬《ななせ》より実力が劣っているのにジュリエット役に選ばれてしまったことに、綾瀬は結構な罪悪感を抱いていたのかもしれない。

性格やら目つきやらキツイけど、以前、取り巻きの立花《たちばな》が言っていた通り、そこまで悪いやつでもないのかも。

「足を痛めている咲《さき》には悪いけど、君を保健室に連れていったら、そこで衣装を私の体操服と替えてもらいたいの！　それでも大丈夫？」

「ええ、わかったわ」

七瀬の問いに、綾瀬は小さく頷《うなず》いた。

「それから阿久津《あくつ》くん、劇は先に始めるようにクラスメイトのみんなに言って。ジュリエットの出番までには着替えは終わると思うから」

七瀬が阿久津に指示を出すと、彼は少し驚いた顔を見せる。

しかし、いつもみたいに反撃したりはしなかった。

「わ、わかった。よし！　お前ら準備するぞ！」

阿久津の言葉で、クラスメイトたちが各々用意を始める。

僕も大道具を動かさないと！

でも、その前に……。

「七瀬！」

「ん？　どうしたの！」

僕が呼んだら、七瀬はきょとんとする。

「そ、その……ジュリエット役、頑張って！」

僕が言葉に詰まりながらエールを送ると、

「もちろん！　パーフェクトで完璧に演じてみせるよ！」

七瀬はニコッと笑ってピースサインをしてくれた。

パーフェクトも完璧も同じ意味だけど……。

でも、そんな七瀬の堂々とした姿に、僕はまたカッコいいと思ってしまったんだ。

◇◇◇

「僕の方こそ迷い子なんだ。ここにあってここにあらず。これはもうロミオじゃない。ロミオはどこか他にいる」

舞台の上。演劇はもう始まっており、阿久津がロミオを熱演していた。

驚いた。阿久津《あくつ》ってあんなに演技上手《うま》いのか。

準備期間中、ひたすら大道具を作っていたから、いまここで彼の演技を初めて見た。

スポーツもできて演技もできて、さらにはイケメン。スペックが高すぎて恐ろしいな。

「それにしても七瀬《ななせ》が遅いなぁ」

綾瀬《あやせ》を保健室に連れていったきり、七瀬は帰ってきていない。

まあ保健室で綾瀬からジュリエットの衣装を貰《もら》って着替えているみたいだし、時間がかかるのかもしれないけど……。

「……まだ大丈夫か」

演劇の進行を確認しながら、自分の中の不安を払拭するように呟《つぶや》いた。

その後、演劇は順調に進んでいく。

阿久津はずっとロミオを上手く演じ続けていた。

おかげでお客さんの反応も良く、これで七瀬が来てくれたら完璧だったんだけど……。

「……まだ来ないな」

たったいまジュリエットが登場する一つ前の場面を迎えている。

それなのに七瀬はまだ来ない。

本当に大丈夫なのか？

もし来なかったら、ジュリエットなしの『ロミオとジュリエット』になるけど。

「おいおい、七瀬が来てないぞ」

「どうしよう、このままだとまずいよ」

「まさか逃げたりしてないよな？」

舞台裏にいるクラスメイトたちの間に不安が広がり始めた。

これは良くない。誰かクラスメイトたちをまとめないと。

しかし、そういうのに向いている七瀬と綾瀬は保健室、阿久津は舞台の上にいる。

残念ながらこの場にはまとめ役がいない。

だけど、このままクラスメイトたちを放っておくわけにもいかないし……。

「……僕がやるしかないか」

七瀬がいたら、きっとクラスメイトたちを上手くまとめるに違いない。

だったら僕だって……。

「……よし」

僕は気持ちを落ち着かせるために呟く。

そして、少し息を吸ってから、

「みんな聞い——」

「待たせてごめーん！」

刹那、七瀬《ななせ》が急いで登場してきた。

彼女が来た瞬間、周りが安堵《あんど》の空気に包まれる。

急に出てきたからびっくりした。

……でも良かった。間に合ったんだ。

「七瀬、お帰り」

「ただいま桐谷《きりたに》くん」

戻ってきた七瀬は先ほどまで綾瀬《あやせ》が身に纏《まと》っていた美々しいドレスを着ている。

普段、騒がしい彼女がこういう気品溢《あふ》れる服を着ると、良い意味でギャップが生まれて、
正直な話、見惚《みと》れてしまうレベルで似合っていた。

「どう？　綺麗《きれい》かな？」

「えっ……う、うん。綺麗だと思う」

「あっ、顔真っ赤になってるよ～」

「そ、そんなことないから！　そもそもそっちが言わせたんでしょ！」

慌てて返すと、七瀬は面白がるように笑った。

こんな余裕がない時まで、からかわないで欲しい。

「それより、もうすぐ出番だよ」

「うん、わかってる」

その時、七瀬が真剣な表情に変わる。

まるで何かのスイッチが入ったみたいだ。

いま阿久津《あくつ》や他の生徒たちが演じている場面が終わり、暗転する。

その間に、次の場面に合わせて大道具を入れ替えると、再び舞台に照明が当てられる。

舞台上に現れたのは、キャピュレット夫人役と乳母役の女子生徒たち。

彼女たちのやり取りの最中《さなか》に、いよいよジュリエットの出番だ。

「七瀬、その……頑張って」

「うん！　頑張ってくるね！」

エールを送ると、七瀬はこちらに手を振ってくれる。

乳母役の女子生徒がジュリエットを呼ぶと、七瀬は舞台へと出た。

「まあ、どうしたの？　誰がお呼び？」

七瀬はセリフを口にしながら、優雅に登場する。

その振る舞いは本当に名家生まれのお嬢様のようだった。

その後も七瀬は他の生徒とは一線を画した演技を披露して、無事一つ目の場面を終えた。

「七瀬、お帰り」

「ただいま桐谷《きりたに》くん、ってこれさっきもやったじゃん」

七瀬《ななせ》が笑いながらツッコミを入れてきた。

「ねぇねぇ桐谷くん、私の演技に惚《ほ》れた？」

「急になに。まあ惚れたけど」

「あれ、なんかノリいいね」

「別にノリで言ってるわけじゃないけどね」

僕は割とずっと前から七瀬の演技に惚れている。

なぜなら彼女の演技には、演技が好きっていう気持ちが溢《あふ》れ出ているから。

僕にはそんな風に好きって思えるものがまだなくて、だから七瀬の演技を見ていると素直に尊敬できる。

「とにかく次の場面も頑張ってね」

「任せて！　もっと桐谷くんのこと惚れさせてあげる！」

七瀬は冗談っぽく言いながら、片目をパチリと閉じて可愛《かわい》らしくウィンクしてきた。

それから再びジュリエットの出番が回ってくると、七瀬は舞台に向かう。

演技が終わると、また舞台裏へ。

そんな風にして、七瀬は順調にジュリエットを演じ続けた。

「あぁ、ロミオ様!!　ロミオ様!!　どうしてあなたはロミオ様でいらっしゃいますの?」

バルコニーでジュリエットがロミオとの運命を嘆く名シーン。

客席のどこまでも響くその声と圧倒的な演技力に、見てる人たちは魅了されていた。

七瀬の演技には人の心を動かす力がある、と改めて思った。

やっぱり彼女が心の底から演じることが好きだからこそ、そういうこともできるんだろうな。

「羨ましいな……」

また思わず零《こぼ》れてしまった。

僕もあんな風になれたらいいのに。

その時、僕はどうしてか心底そう思ったんだ。

◇◇◇

綾瀬《あやせ》が怪我《けが》をしてしまうというアクシデント以降、僕たちの演劇は何事もなく進んでいた。

おそらくこのまま幕切れを迎えられるだろう、と誰もがそう思っていた。

しかし、残念ながら物語の終盤でそれは起こってしまった。

「いってぇ！」

舞台が暗転して、舞台裏に戻ってきた阿久津《あくつ》が不意に声を上げて倒れた。

彼はさっきの綾瀬《あやせ》と同様に足を押さえている。

きっと綾瀬を助けようとした時に、彼女と同じように足を痛めてしまったんだ。

「阿久津くん！」

七瀬《ななせ》が慌てた様子で阿久津に駆け寄った。

「大丈夫!?」

「うるせーな。これくらい平気だよ」

そう言いつつも阿久津は立ち上がれない様子。

どうやら今までは苦痛に耐えつつ無理して演技をしていたようだ。

でも、ここに来て限界を迎えてしまったみたい。

そんな阿久津を心配して、取り巻きたち——高橋《たかはし》と鈴木《すずき》、立花《たちばな》がやってくる。

「全然大丈夫じゃないじゃん！」

「そうだぜ、無理すんなよ」

「うん。無理は、その……良くないよ」

三人が不安そうな表情でそれぞれ阿久津に伝える。

こう見ると、なんだかんだ言って阿久津って信頼されているんだな。

「そういうわけにはいかないだろ。もうすぐ出番だって来るし」

阿久津は再び立ち上がろうとするが、やっぱり途中で倒れてしまう。

「阿久津くん、誰かと役を代わろう」

そう言い出したのは七瀬だった。

「ふざけんなよ。そんなことするわけねーだろ」

「でもこのままだと演劇が中止になっちゃうよ。それでも良いの？」

「ぐっ、それは……」

真剣に問い掛ける七瀬に、阿久津は言葉に詰まった。

さすがに彼も高校最後の演劇を中止にはしたくないだろう。

「……でも誰が俺の代わりをやるんだよ？」

「それは咲《さき》の時みたいにみんなに訊《き》くしかないでしょ」

七瀬はそう返すと、クラスメイトたちがいる方に振り向いた。

「この中に阿久津くんの代わりにロミオを演じてくれる人はいない？」

七瀬が問い掛けるが、誰も名乗りを上げる者はいない。

急に言われても、七瀬みたいに「はい、やります」とはそうそうならないだろう。

「もう物語終盤だし、ロミオが出るのはあと1シーンしかないの。セリフもそんなにない。

次のシーンは私もいるしセリフを忘れてもちゃんとカバーするから」

七瀬《ななせ》が何とか代わりのロミオ役の生徒を探すが、やっぱり誰もやろうとはしない。

このままグダグダしていると、ロミオの出番が来てしまう。

「…………」

以前の僕だったら、絶対にこんなところで名乗り出たりしない。

……でも七瀬と出会って、彼女の自分らしくあり続ける姿を見て、彼女に憧れた。

こんな場面でも七瀬だったら、女子なのにロミオ役をやってしまうだろう。

だったら僕も頑張ってみたい。

そしたら——少しでも七瀬に近づけるかもしれないから。


「その……ロミオ役は僕がやるよ」


手を挙げて言うと、クラスメイトの視線が一気に僕の方へ。

しかも、全員がお前が⁉　みたいな顔をしている。

「お前がロミオ役なんてできるのかよ」

なんなら阿久津《あくつ》が直接そう訊《き》いてきた。

「え、えっと、その……」

なんで代わりをやるって言っただけで睨《にら》まれるの。

こっちは演劇が中止にならないようにしようとしてるのに……。

「安心して、阿久津くん。桐谷《きりたに》くんなら大丈夫だよ」

七瀬は僕のことをフォローしてくれた。

「桐谷くんはね、ロミオのセリフはそれなりに覚えているから」

「は？　なんでだよ？」

「実は私がジュリエット役のオーディションを受ける時に、彼にはロミオ役で練習に付き合ってもらってたの」

だから大丈夫、と七瀬は阿久津に伝えた。

次いで阿久津は疑うように僕のことをじっと見てくる。

顔が近いし恐《こわ》いなぁ……。

「……わかった。じゃあ頼むわ、桐島《きりしま》」

「桐谷だけどね……」

この人、絶対にわざと間違えてるよ。

さっき七瀬が僕の名前を呼んだのちゃんと聞こえてたはずだし。

それから僕は舞台裏の隅で急いで阿久津と服を替えて、ロミオの衣装を身に纏《まと》った。

ややサイズは大きいけど、そこまで気にするほどでもないから問題はないと思う。

準備が整って、あとは舞台に出るだけだ。

「桐谷《きりたに》くんならロミオ役をやってくれると思ってたよ」

その時、七瀬《ななせ》が声を掛けてきた。

「どうして？　僕が七瀬の練習に付き合ってロミオをやっていたから？」

「それもあるけど、何となくいまの君ならやってくれるかなって」

「……そっか」

七瀬の言葉に、僕は無性に嬉《うれ》しくなってしまった。

彼女にちょっとだけ認められた気がしたんだ。

「さて、お客さんを待たせてるからそろそろ行こっか」

七瀬が舞台を見て、それから僕を安心させるようににこりと笑ってみせた。

先ほどから変わらず舞台は暗転したままだ。

お客さんには既にナレーションでアクシデントによって中断していると伝わっている。

「じゃあ一緒に頑張ろっか！　セリフ忘れた時は私が何とかするから！」

「何とかって？」

「桐谷くんの代わりに私がセリフを言う」

「それ劇がめちゃくちゃになりそう……」

でも七瀬だったらやっちゃうんだろうなと思った。

彼女は無茶《むちゃ》なことをするけど、大体それは誰かを助けるためだから。

「大丈夫、セリフはちゃんと覚えてるから」

「ほんと？　なら安心だね」

「うん、だから行こう」

七瀬と一緒に僕は舞台へと向かう。

そして互いに所定の位置に着くと、幾つもの照明が点《つ》いた。

「っ！」

明るくなった途端、目の前に客席に座っている大勢のお客さんが見えた。

その瞬間、僕の中に一気に緊張が走る。

今までこんなに多くの人たちの前で何かをやった経験なんてなかったからだ。

正直、失敗したらって考えるとかなり恐《こわ》い。

……でも、以前の僕だったらこの瞬間にロミオ役として舞台に立ってなんてないと思う。

そう考えたら緊張もあるけど、それより頑張りたい気持ちの方が強くなってきた。

「……ふぅ」

気持ちを落ち着かせるために、僕はほんの少しだけ息を吐く。

場面はキャピュレット家の墓場にて、ロミオが仮死しているジュリエットが本当に死んでしまっていると思い込み、毒薬で自殺をするシーン。

いま僕は地面に膝をつきながら、横たわっている七瀬を抱えている。

この場面ではジュリエットのセリフはない。
だからいきなり僕の番だ。
「ああ、愛《いと》しのジュリエット、あなたは何故《なぜ》まだそんなに美しいのです？」
僕の演技はきっと普通かそれ以下だと思う。
七瀬《ななせ》どころか阿久津《あくつ》よりもずっと下手だ。
それでも今までに味わったことがない高揚感があった。
そうして僕は長々と続くセリフを間違うことなく言い続ける。
その内、初めに感じていた緊張も徐々に薄れ、少し楽しくなってきた。
もしかしたら七瀬は演技をしている時、こんな気持ちになっていたんだろうか。
そして――。
「さあ、わが愛しの人のために！」
最後までセリフを言い切ったあと、僕は毒薬を飲もうとした。
毒薬と言っても作り物なんだけど……。
これでロミオは死んで、僕の出番も終わる。
良かった……どうにかやり切った。
そう安堵《あんど》した瞬間だった。

「ロミオ様……」

なんと僕に抱えられていたジュリエット――七瀬が起き上がったんだ。

……えっ、何してんの？

「ロミオ様！　ロミオ様なのですね！」

七瀬は僕の両手を握り、感動している演技をしてくる。

それに僕は困惑していた。

こんなことするなんて全然聞いてないんだけど⁉

「じゅ、ジュリエット。ジュリエットなのか。まさか生きているなんて」

一応、それっぽい演技をしてみたけど、セリフは噛《か》むし口調も変だし色々めちゃくちゃになってしまった。

「さあロミオ様！　私と一緒に遠くに逃げましょう！　キャピュレットもモンタギューもない、どこか遠くへ！　そして、二人で幸せになりましょう！」

すると、七瀬が立ち上がって僕に手を差し出した。

突然のアドリブに驚きっぱなしだった僕。

でも、いまの彼女の演技に魅せられて、自然とこんなセリフを口にしていた。

「ああ！　そうしよう！　二人で幸せになろう！」

僕が返すと、七瀬《ななせ》は嬉《うれ》しそうな表情を見せた。

な、何とか乗り切った……？

そう安堵《あんど》したのも束《つか》の間《ま》。

「では、私と誓いのポーズをして頂けますか？」

七瀬から新たなセリフが飛んできた。

って、なんだ誓いのポーズって⁉

「ち、誓いのポーズですか……？」

「はい！　これが誓いのポーズです！」

七瀬は左手をピースっぽくして頭の前付近に、右手をオッケーサインみたいにして頭の後ろに——まさかのあの不思議ポーズだった。

そういえば、このポーズをロミジュリに入れたいって言ってたっけ。

本気でポーズ入れてきやがったよ、この人。

「二人で幸せになるためです！　さあ早く！」

不思議ポーズをしたまま、七瀬はこっちを急《せ》かしてくる。

僕にそれをやれって言うのか。しかもこんな演劇の本番で。

チラリと客席を見ると、観客が皆揃《そろ》って何だこれは、みたいな表情を浮かべていた。

正直、全くやりたくないけど……演劇を進めるにはやるしかない！

そう決心をした後、僕は思い切って不思議ポーズを取った。

「そうですロミオ様！　これで二人で幸せになれます！」

七瀬《ななせ》は不思議ポーズを維持しつつ僕の不思議ポーズを見て、今にも泣きそうな演技をしていた。いや意味わからんし……。

あと何故《なぜ》か客席からパチパチと拍手が聞こえるし……もう滅茶苦茶《めちゃくちゃ》だ。

「では、ロミオ様！　私と一緒にいきましょう！」

すると、七瀬が笑顔で僕に手を差し出した。

その笑みは楽しかったでしょ？　とでも言うようだった。

そんな彼女を見て、つい僕も笑ってしまった。

「いこうか、ジュリエット！」

そうして僕が七瀬の手を握ると、手を繋《つな》いだまま、僕たちは退場した。

「ジュリエットが目を覚ましちまったよ」「すごい展開ね」「まさかこんなことになるなんてな」「ロミオ死んだら可哀《かわい》そうだしな」「良いんじゃないか面白くて」「っていうか最後のポーズなんだ？」「可愛《かわい》かったね、あのポーズ」

原作とは全く違う展開に、会場は騒然としていた。

何なら舞台裏に戻ったら、クラスメイトたちの顔も青ざめていた。

そんな彼らを見て、少し笑ってしまった僕は、きっと少なからず七瀬の影響を受けてしまっているのだと思う。

ふと隣を見ると、七瀬も同じように笑っていた。

その後、七瀬のとんでもないアドリブのせいで、急遽《きゅうきょ》ジュリエットが短剣で自殺するシーンがなくなったり色々あったけど、なんとか劇を幕切れまで持っていくことができた。

おかげで結局、僕たちの『ロミオとジュリエット』は滅茶苦茶になってしまったけど、悲劇ではなく、喜劇に終わったのだった。

◇◇◇

「どうしてあんなことしたのさ」

舞台裏。カーテンコールに応える準備をしている間。

僕は七瀬に訊《たず》ねた。

「私、前に言ったよ。バッドエンドは嫌いだって」

「いや、だからって本番でいきなりあんなことしないでしょ」

一応、幕切れまでいけたから良いものの。危うく大惨事になるところだった。

ところで、クラスメイトたちはお客さんの反応がすこぶる良いから、七瀬《ななせ》に文句とかは言っておらず、むしろ七瀬のおかげで最高の演劇になったと言っている生徒もいる。

「だってハッピーエンドにした方が絶対に面白いと思ったから！」

七瀬は満面の笑みを見せてきた。

面白いと思ったから『ロミオとジュリエット』の結末を悲劇から喜劇にする。

とても彼女らしい考えだと思った。

そして、僕はあれこれと文句を垂れているけど、実際のところはそんな行動を起こせる彼女をやっぱり羨ましいと感じて、僕には到底できないな、と思ったんだ。

「でもあのオリジナルポーズ？　を演劇に入れたのはどうかと思ったけど」

「えへへ、面白かったでしょ？」

七瀬はいたずらっぽく笑った。

なんかズルい反応するなぁ……。

「おい桐谷《きりたに》」

不意に名前を呼ばれた。阿久津《あくつ》だ。今度こそ本当の名前で呼んでくれた。

……けど、逆に恐《こわ》いな。心なしか、睨《にら》まれている気もするし。

「……な、なに？」

怒られるかと思って、恐る恐る訊《たず》ねる僕。

だけど、阿久津は少し気まずそうに後頭部を掻《か》きながら、

「その、ロミオ役やってくれてありがとな。何回かお前をバカにしたと思うけど、その時は悪かった。……すまん」

「えっ、う、うん」

あの阿久津に謝られた。一体どんな心境の変化が？

ロミオ役の代わりをやったことがそんなに良かったのだろうか。

「あと、七瀬も今まで悪かったな」

「全然気にしてないよ～。っていうか、いつでもかかって来なって感じだね」

「ふっ、そうかよ。じゃあそうするわ」

七瀬のわざとらしい挑発に、阿久津は笑みを浮かべながら言葉を返した。

それから阿久津はいつもの取り巻きたちがいるところへ戻っていく。

そこには松葉杖《まつばづえ》をついている綾瀬《あやせ》もいた。

病院にはまだ行っておらず、カーテンコールに出た後に行く予定らしい。

「桐谷くん、始まるよ」

七瀬にそう言われた。

そろそろカーテンコールの時間が来たみたいだ。

「さあ行こう！　桐谷《きりたに》くん！」

「うん、行こう」

七瀬《ななせ》に呼ばれて、他のクラスメイトと一緒に僕は舞台の上まで歩いていく。

すると、舞台の前――大勢のお客さんが立ち上がって迎えてくれた。

「良かったぞ～！」「最後の方は驚かされたよ！」「良いロミジュリだった！」「あんなロミジュリは初めて見たよ！」「私もあのポーズやってみたいな！」「もう一回見たいぜ！」

そんな風にお客さんが次々と称賛の言葉をくれる。

その光景に僕の胸は人生で一番熱くなった。

「良いよね、カーテンコールって」

隣にいる七瀬がぽつりと呟《つぶや》いた。

そっか。彼女は劇団に入ってるからいつもこれを味わっているんだ。

そして、今回のカーテンコールのこの歓声もほとんどは七瀬が作り出したもの。

もちろんクラスメイトたちが力を合わせて頑張ったっていうのもあるけど、彼女が『ロミオとジュリエット』の結末を変えたからこそ、観客は感動したんだと思う。

「やっぱり七瀬ってすごいなぁ……」

お客さんたちに手を振りながら、僕は呟く。

「ん？　いま何か言った？」

七瀬が視線を客席に向けながら訊《たず》ねてくる。

さっき口にした言葉を言おうかと考えたけど、それよりも僕は一つ彼女に伝えたいことがあった。

「あのさ、七瀬」

「どうしたの？　桐谷くん？」

七瀬はチラリとこちらを見る。

すると、僕は――。


「僕は夢を持ちたい」

こうして歓声を浴びて、僕も七瀬のように誰かを感動させられるような存在になりたい、と心底そう思った。

そして、そんな自分になるために、夢が欲しいと思ったんだ。

「そっか」

そう呟いただけだったけど、七瀬は嬉《うれ》しそうに笑っていた。

◇◇◇

星蘭祭《せいらん》から一週間が経《た》った。もうそろそろ夏休みを迎える頃。

僕は自分の夢について考えていた。

どんな夢が良いか。将来どんなことがしたいか。

僕は何が好きか。僕に向いているものは何か。

あれこれと考えているけど、なかなか思い付かない。

「……はぁ、どうすればいいんだ」

朝のホームルーム前。教室で自席に座りながら僕はため息混じりに呟《つぶや》いた。

夢はそんな簡単に決めるものじゃないとわかっているけど、このままだと一生夢を持てない気がする。

そもそも今までつまらない生き方をしてきたから、自分が好きなこととか真剣に考えたことなかったし、僕には夢に繋《つな》がるものが何もない。

「なんでそんな暗い顔してるの？」

不意に七瀬《ななせ》が声を掛けてきて、さらには顔を覗《のぞ》き込んでくる。

すると、彼女の綺麗《きれい》な顔が目と鼻の先まで迫っていた。

「うわっ⁉」

驚いて、僕はすぐに彼女から距離を取る。

「うわって失礼だな。そんなに私のことが嫌いなの？」

「そういうわけじゃないけど、いきなり出てきたら誰だってビックリするよ」

おかげさまで心臓がさっきからやたら騒がしい。

「それでもその反応は傷つくなぁ」

七瀬はしくしくとジェスチャーも加えつつ、泣き真似《まね》をする。

役者のくせになんて下手くそな演技なんだ。

「で、なんで暗い顔してるの？」

「……そんな顔してないし」

僕は顔を逸《そ》らして答える。

夢のことを七瀬に相談するのも一つの手だけど、僕はそんなことしたくなかった。

自分の夢くらい自分の力で見つけたい。

「え～絶対に暗い顔してたよ」

「してないって」

否定し続けても、七瀬は全く納得してくれない。

……これは話題を変えるしかないな。

「そういえば綾瀬《あやせ》たちとは言い合いとかしなくなったね」

「うん、咲《さき》も阿久津《あくつ》くんも私に突っかかってくることがなくなったからね～」

七瀬《ななせ》は嬉《うれ》しそうに言った。

星蘭祭《せいらんさい》以降、綾瀬《あやせ》たちと七瀬が揉《も》めることは一切なくなった。

むしろ、綾瀬がたまに七瀬に話しかけて談笑したりしている。

「きっと星蘭祭で綾瀬の代わりに七瀬がジュリエットを演じたからだよ」

「まあそうかもしれないね。……でも、そんなこと言ったら桐谷《きりたに》くんも阿久津《あくつ》くんの代わりにロミオを演じたでしょ。あれから阿久津くんとは仲良くなった？」

「えっ、まあうん……」

星蘭祭が終わってから、阿久津は僕のことを睨《にら》んだりしなくなって、たまに挨拶もしてくれるようになった。

でも談笑したりするわけでもないし、仲良いかと聞かれたら微妙なラインだ。

だけど、僕は阿久津とはこのくらいの距離感がちょうど良いと感じているし、あっちもたぶんそう思っているはず。

「それでさ、桐谷くん」

「ん？　なに？」

「さっきはどうして暗い顔してたの？」

「またそれ⁉」

何かが引っ掛かったのか、七瀬はまたさっきと同じ質問をしてきた。

でも僕は暗い顔なんてしてない、何でもない、で突き通し続けた。

この女、勘が鋭いな！

◇◇◇

「わぁっ！」

二限目の体育の授業。内容は修一《しゅういち》のクラスと合同でサッカーだった。

僕はミニゲームに参加していたんだけど、パスされたボールを思い切り空振り、さらにはそのまま後ろに盛大に転んだ。

「いてて、腰をぶつけちゃったな……」

「翔《かける》、大丈夫か？」

一人で腰を押さえていると、上から爽やかな声が聞こえる。

見上げると、体操服姿の修一が僕に手を差し出していた。

彼は敵チームのメンバーだ。

「ありがとう」

「いえいえ、どういたしまして」

そんなやり取りをしたあと、修一の手を借りて僕は体を起こす。

「勉強も運動も何でも無難にこなす翔《かける》が空振りなんて、どうしたんだ？」

「ちょっと待て、その何でも無難にってなに。バカにしてるじゃん」

「いやいや、最高の褒め言葉だろ」

と言ってる割に、修一《しゅういち》はニヤニヤしてる。やっぱりバカにしてるだろ。

そんなくだらないやり取りをしていたら、試合終了の笛が鳴った。

僕が入っていたチームはボロ負けだった。


試合が終わって、僕と修一のチームは休憩時間を迎える。

今度は他のチームが試合をしている中、二人でグラウンドのベンチに座った。

「で、なんかあったのか？」

隣から修一が訊《たず》ねてきた。

「なんでそんなこと訊《き》くの？」

「試合中、ずっと様子がおかしかったからな」

「そう？　そうでもなかったと思うけどな」

「そんなことねーよ。俺にはわかるんだよ」

修一はそう言い切ると、続けて訊ねてきた。

「悩み事か？」

その問いに、僕はどう答えようか迷う。

夢について悩んでいることを、なるべく他の人には話したくない。

でもこのまま一人で考えているだけで、夢は見つかるのか？

迷った挙句、僕は修一に一つ質問をすることにした。

「いきなりで悪いんだけどさ、修一って夢とかある？」

「本当にいきなりだな。しかも夢って……」

修一は少し困惑したような表情を浮かべる。

試しに他の人の夢を聞いてみよう。もしかしたら参考になるかもしれないし。

そう思って返答を待っていたら、修一から返ってきたのは意外な答えだった。

「特に夢なんてねーな。考えたこともない」

「……そうなの？」

「おう。まあ小さい頃はサッカー選手とかあったけど、それは小さい頃だったから抱けた夢だ。高校生になって明確な夢を抱いているやつなんてほとんどいないと思うぜ」

修一は淡々と語った。

確かに彼の言う通りかもしれない。

僕はここ数カ月間、七瀬《ななせ》とよく一緒にいて、彼女を身近に感じてきたから、誰でも夢を持っていると思ってたけど。

よく考えたら、七瀬《ななせ》のようにハリウッド女優になりたくて、劇団に入って、みたいな夢を抱いてそれのために行動してる高校生なんて、そうそういるわけない。

「だからまあ大半のやつは何となく大学に行って何となく就職するんだよ。俺もそうだし」

「……そうだよね」

修一《しゅういち》が言っていることはわかる。

少し前までは僕も彼と全く同じことを思っていたから。

……でも七瀬のことを知った僕にとっては、それがすごくもったいない気がした。

夢を抱いて、その夢に向かって人生を歩んでいくその姿はとても綺麗《きれい》なものだから。

「……っ!」

その時、僕はあることを思い付いた。

高校生の大半が夢を持っておらず、何となく人生を進んでしまうのなら。

そうなってしまわないように僕がサポートをしてあげたら良いんじゃないか。

以前の僕もその大半と同じだった。

だからこそ、夢を持っていない大半の高校生に寄り添えるはずだ。

「……そっか」

「？　どうした翔《かける》？」

「修一、ありがとう」

「いや、まじでどうしたんだよ？」

こいつ、頭おかしくなったのか、みたいなトーンで訊《き》いてくる修一。

「修一のおかげで悩みが解決したんだ」

「まじ？　まあそれなら良かったけど」

「これで次の試合はハットトリックを決めれそうだよ」

「いやそりゃ無理だろ」

修一は首を横に振るけど、僕はそのくらい気分が高まっていた。

そして、次の試合。

開始十秒で、相手チームが蹴ったボールが顔面に直撃して、そのまま僕は退場になった。

……サッカーなんて二度とするもんか。

◇◇◇

「このセリフの時はもっと派手に演技をした方が良いかもなぁ」

昼休み。旧校舎の空き教室にて、僕は昼食をとっていた。

隣では七瀬が今度『夕凪《ゆうなぎ》』で公演する劇の台本をチェックしている。

ジュリエットのオーディション以降、僕は七瀬の演技の練習を手伝っていない。

オーディションが終わった時点で練習は必要なくなったし、『夕凪《ゆうなぎ》』が公演する劇の演技の練習には、だいぶ前にもう付き合わなくていいよ、と彼女本人から言われているし。

それに阿久津《あくつ》との関係が良くなったから、教室で昼食をとっても良いんだけど、僕は変わらずこの空き教室で昼休みを過ごしていた。

理由は、単純に七瀬《ななせ》と過ごす時間が楽しいから。

加えて、今日は彼女に伝えたいことがあるからだ。

「七瀬さ、ちょっといい？」

僕が少し緊張しつつ訊《たず》ねると、

「うん、いいよ～」

七瀬は快く承諾してくれた。

それから彼女は台本を机に置く。

「それで？　私に何か頼み事？」

「いや、頼み事じゃなくて……少し報告したいことが……」

「報告……？」

七瀬はこてんと首を傾《かし》げる。

しかし直後、何かを思い付いたみたいな感じで、

「もしかして体育のサッカー中に顔面でボールを受け止めてたこと？」

「違うよ!?　というか、なんで知ってるの!?」

「女子もグラウンドで体育の授業だったから。私たちは走り幅跳びだったけど」

「……そ、そうなんだ」

まさかあんなダサいところを見られてたなんて。

恥ずかしすぎて死にたい……。

「言っておくけど、僕がしたかった報告はそれじゃないから」

「違うの？」

「うん、逆になんでそれだと思ったの」

僕はため息混じりに言った。

その後、一つ咳払《せきばら》いをしたあと、僕は仕切り直して彼女に話した。

「僕が君に報告したいことはね、その……僕の夢を見つけたんだ」

言った瞬間、七瀬はぽかんと口を開けてフリーズしていた。

もしかして聞こえてなかったのかな、と心配していたら、

「桐谷《きりたに》くん、おめでとう！」

急に七瀬から祝福された。しかもとびっきりの笑顔で。

夢を見つけたことが祝われるほどのことかわからないけど、彼女からの言葉は素直に嬉《うれ》しかった。

「それじゃあさ、いきなり訊《き》くけど桐谷《きりたに》くんの夢ってなに？」

わくわくした様子で訊いてくる七瀬《なせ》。

彼女のような大きな夢ではないから、あんまり期待はしないで欲しいけど……。

そして、僕は自分の夢を七瀬に明かした。


「僕はね、高校教師になるよ」

そう告げると、七瀬はちょっと驚いた表情をしたあと、少し口元を緩めた。

「高校教師かぁ……」

「そ、その……どうかな？」

「？　どうかなって？」

「えっと……良いと思う？」

正直、僕はこの夢で納得しているというか……自分に合っていると思っている。

だから、僕に夢を抱きたいと思わせてくれた七瀬からも同じような言葉が欲しかった。

しかし、彼女は――。

「そんなこと私にはわからないよ。だってこれは桐谷くんの夢なんだもん」

「えっ……うん、まあそうなんだけど……」

七瀬《ななせ》が言っていることは正しい。

確かに他人の夢をどう思う？　なんて訊《き》かれてもそんなの知ったこっちゃないよな。

それでも七瀬から何か一言欲しかったな、なんて少し落ち込んでいると、

「だけど、夢が良いものになるか悪いものになるかは、今後の君次第じゃないかな？」

七瀬はそう口にして、笑いかけてくれた。

少なくとも彼女は僕の夢に否定的なことを思ってはないみたいだ。

それだけで僕は少し自分の夢に自信を持つことができた。

「でも、どうして高校教師なの？」

七瀬は不思議そうに訊いてきた。

「それはね、高校生が一番、夢を諦めて過ごしているんじゃないかなって」

修一《しゅういち》の話を聞いて思ったんだ。

高校生の大半は夢を持っていない。

でも、彼らだって小さい頃は夢を抱いていたはずなんだ。

だけど、少しずつ大人になっていくにつれて、現実が見えてきてその夢を諦める。

次の夢を抱こうにも現実を突きつけられたあとだと、なかなかそうすることができない。

故に、彼らは夢を持たないまま何となく大学に進学して、何となく就職をしてしまう。

僕はそんな高校生たちを救いたい。

七瀬が僕に夢を抱きたいと思わせてくれたように、僕も彼ら彼女らが夢を抱きたいと思えるように手助けをしたい。

だから、僕は高校教師になりたいんだ。

そんな思いを七瀬に伝えると、

「とっても素敵な理由だね！」

「そ、そうかな……？」

「うん！　私はそう思う！」

その言葉を聞いて、僕は胸の辺りが温かくなった。

正直、彼女の夢のスケールが大きいだけに、しょうもない夢とか言われたらどうしようかと少し心配してたし。

「じゃあお互い頑張らなくちゃね！」

「そうだね。教師になるためには教育大に行かなくちゃいけないから、とりあえず僕は勉強を頑張らないと」

「そっか……。大変だね」

「七瀬ほどじゃないと思う。君は学校に通いながら、劇団の公演に出ているんだから」

僕なんかより、七瀬の方がよっぽど大変だ。

「あの、桐谷《きりたに》くん。実はね……」

「……なに？」

七瀬《ななせ》の言葉を聞いて、僕は訊《き》き返す。

しかし、彼女は言葉を止めて、続きを話そうとしなかった。

「どうしたの？」

様子が気になって、僕はもう一度訊き返すと、

「ううん、やっぱりなんでもない」

七瀬はそう言って首を左右に振った。

……どうしたんだろう。別に大したことじゃなかったのか。

「それよりもさ、握手しよっか！」

「握手？　ってなんで急に」

「これからお互い頑張ろうねって握手！　ね！」

七瀬が両手を合わせてお願いしてくる。

「まあそういうことなら……」

「良《い》いの？　やったね！」

七瀬はそう言って喜ぶと、自分の白くて綺麗《きれい》な手を差し出してきた。

次に、彼女は僕にアイコンタクトで手を出してと促してくる。

それに僕はため息をついて、手を差し出した。

すると、七瀬は僕の手をぎゅっと握ってくる。

彼女の手は柔らかくて、少し冷たかった。

「私も桐谷《きりたに》くんもこれから頑張るぞ！　おー！」

七瀬が急にそんなことを言い出した。

いや、なになに。唐突に聞いてないことやらないで。

「ほら、桐谷くんもおーって言って！」

「えっ、わ、わかった」

どうやら僕も「おー」と言わなくちゃいけなかったらしい。

せっかく僕の夢を応援してくれているので、言っておこう。

「これから頑張るぞ！　おー！」

「お、おー」

……って、なんだこれ。意味がわからん。

なんて戸惑っていたら、

「桐谷くん、教師になれると良いね」

七瀬がエールを送って笑いかけてくれた。

彼女はいつも大事なところで僕に勇気をくれるよな。

「七瀬こそ、君ならきっとハリウッド女優になれるよ」

そんな風に僕も七瀬《ななせ》にエールを送った。

僕は心の底から彼女がハリウッド女優になれると思っている。

逆に彼女がハリウッド女優になれなかったら誰がなれるんだって話だ。

そして、この日から僕は教育大に受かるための猛勉強を始めた。

教師になる、という夢を叶《かな》えるために。

◇◇◇

「お兄ちゃん！」

とある日の朝。部屋の外から桃花《ももか》の大きな声が聞こえていた。

それと同じくらい大きな足音が段々と近づいてきて、ガチャリと扉が開いた。

「お兄ちゃん！　学校に行く時間だよ！　いつまで寝て——ない⁉」

「おはよう、桃花」

僕がきっちり制服に着替えて、部屋の中にある姿見で身だしなみを整えていると、桃花が扉付近で唖然《あぜん》としていた。

「桃花、どうしたの？」

「どうしたはこっちのセリフだよ。まさかお兄ちゃんが早起きするなんて。しかも一週間連続だよ」

「別に良いことじゃん」

「それはそうだけど、絶対におかしいよ。何かあったの？」

桃花《ももか》の問いに、僕は少し考える。

「そうだな、強いて言えば夢を見つけたんだ」

「お兄ちゃんがキザなこと言い出した。壊れた」

「壊れてないわ。まったく酷《ひど》い妹だな……」

そんな妹との会話をしている間に、僕は身だしなみを整え終える。

「じゃあお兄ちゃん行くから。家の鍵は締めるんだぞ」

「え？　もう学校行くの？」

「そうだよ、朝は勉強するから」

僕の言葉を聞いて、桃花は信じられないとばかりに絶句していた。

とことん失礼だな、この妹。

七瀬《ななせ》に夢を伝えて以来、僕は学校に毎日行くようになり、勉強時間も倍に伸ばした。

夏休みに入ったら、進学塾の夏期講習にも行く予定だ。

正直、勉強は大変だけど、夢に向かって努力していると思うと苦ではなかった。

七瀬が演技の練習をしている時もこんな気持ちなのだろうか。

そういえば彼女も演劇を頑張っているみたいだ。

この間は主役を任されたと言っていた。

七瀬も頑張っているんだから、僕も同じくらい、いやそれ以上に頑張らないと。

二人して絶対に夢を叶《かな》えるんだ。

◇◇◇

僕は夢を叶えるために努力する日々が続いた。

朝早く学校に行って勉強をして、放課後も帰ってすぐに勉強をした。

長期休みは進学塾でみっちり一日中、勉強漬け。

そんな日常を繰り返していくうちに、あっという間に夏が過ぎて秋を迎えて、その秋もすぐに過ぎて、そして冬を迎えた。

受験当日は少し緊張したけど、試験に影響が出るほどではなかった。

これまで積み重ねたものをしっかりと発揮したら、必ず結果に繋《つな》がるとそう信じていたから。

そして、僕は無事受験を終えて、あとは合格発表を待つだけになった。

両親や桃花は発表されるまでビクビクしていたけど、僕は不思議と落ち着いていた。

絶対に受かると思っていたわけじゃない。

でも悔いがないくらい努力をしたから、どこかで大丈夫だと思っていたのかも。

そして迎えた教育大の合格発表の日。

大勢の受験者が集まる中、掲示板に合格者の番号が貼りだされた。

その時、僕は一人で、順番に番号を確認していった。

すると、掲示板の真ん中付近にあった番号を見て、大きく息をついた。


――僕は合格していた。


それがわかった瞬間、感動というよりも先に安堵《あんど》した。

これで夢に大きく近づいたんだ、と。

合格後は大学が家から通えない場所にあるので、一人暮らし用の家を探したり、使う家具を揃《そろ》えたり、たまに自宅でのんびりしたり。

そうして月日は流れて、僕たち三年生は卒業式を迎えた。

第五章　グッバイ宣言

三月初旬。多くの生徒たちの家族が参列する中、星蘭《せいらん》高校の卒業式が行われた。

卒業証書の授与式。校長先生からの最後の言葉。後輩たちから贈られる卒業ソング。

他にも様々な催しが行われたあと、僕たち三年生は卒業した。

卒業生の中には泣く生徒が大勢いた。

うちのクラスは意外にも阿久津《あくつ》や綾瀬《あやせ》が泣いていた。

しかし、僕は泣くどころか困惑したまま卒業式を終えた。

何故《なぜ》なら、七瀬《ななせ》が卒業式に来ていなかったから。

卒業生の中で唯一の欠席だった。


「みんなもっと近寄って～」

校門の前で記念写真を撮る卒業生がいる中。

僕はなぜか妹の相手をしていた。

「お兄ちゃん！　卒業おめでと～！」

桃花《ももか》はスマホでパシャパシャ写真を撮ってくる。

「ありがとう。でも撮りすぎじゃない？」

「なに言ってるの。せっかくお兄ちゃんが卒業できたんだから、記念にいっぱい撮っておかないと」

「僕がギリギリで卒業できたみたいな言い方は止《や》めろ」

夏休み前あたりからは真面目《まじめ》に通ってたでしょうが。

ちゃんと大学にも受かったし。

「でも本当に良かったよ。もしお兄ちゃんが卒業できなかったら、私は恥ずかしくて外を出歩けなくなっちゃうところだったから」

「容赦ないな、この妹」

しかも冗談なのか本気なのか、わからないところが恐《こわ》い。

それから桃花《ももか》はどこかに行ってしまった両親を探しにいった。

息子の晴れ舞台に、あの両親は本当にどこに行ったんだ。

「えっ、篤志《あつし》と綾瀬《あやせ》って一緒の大学行くの！」

「まあな。咲《さき》には俺が付いてないといけねぇから」

「それはこっちのセリフよ。篤志はあたしがいないとダメになるから」

「咲ちゃんたちいいな〜！」

「うん、羨ましいな」

綾瀬グループがそんな会話をしていた。
ちなみに、綾瀬と阿久津《あくつ》は夏休み明けくらいから正式に付き合っている。
会話にもあった通り、二人は同じ大学に行くのだとか。
まさに理想の幼馴染《おさななじみ》って感じだ。
それから僕は周りをぐるりと見回す。
多くの生徒やその家族がいるけど、やはり七瀬《ななせ》の姿はない。
「……七瀬、どうして来ないんだよ」
卒業式が始まった時は、いなくてもそこまで気にしなかった。
彼女のことだから遅れて誰よりも目立って登場するに違いない。
そう思っていたから。
でも卒業式が始まって今に至るまで、七瀬は一切姿を見せていない。
「最後なんだから、会わせてくれよ」
僕はまだ一つだけ彼女に伝えてないことがあった。
今日はそれを伝えようと思っていたのに……。
「おい！　翔《かける》！」
不意に名前を呼ばれた。
視線を向けると、修一《しゅういち》が慌てた様子でこっちに向かってきていた。

「修一《しゅういち》、卒業おめでとう」

「お、おう、さんきゅー。ってそうじゃねーんだよ！」

「……そうじゃないって？」

「さっき教員から聞いたんだ。七瀬《ななせ》が卒業式に来てない理由」

それを聞いた瞬間、僕は修一の肩をがっちり掴《つか》んで迫る。

「どういうこと？　七瀬はどこにいるの？」

「お、落ち着けって、いま話すから」

「あっ、ご、ごめん」

僕が修一の肩から手を離すと、彼は七瀬について話してくれた。

「よく聞け翔《かける》。七瀬な、あいつアメリカに留学するらしいぞ」

「えっ……」

留学なんてそんなの初耳だった。

「しかも出発は今日で午後の便で発《た》つらしい。この意味わかるな？」

「わかるなって言われても……」

「バカかお前、今からバスでもなんでも使って空港行ったら間に合うかもしれないだろ！」

「そ、そっか！」

「だから早く行ってこい！　卒業式中のお前、七瀬のことで上の空だったしな」

「っ！　どうしてわかったの!?」

「親友なんだからわかるに決まってんだろ！　ほらさっさと行ってこい！」

「わ、わかった」

修一に励まされて、僕は空港に向かうことを決意する。

「頑張ってこいよ！」

「うん！　頑張ってくる！」

修一にそう返したあと、僕は空港に向かおうとする。

だけど、一つ言い残したことがあって、もう一度彼がいる方向に振り向いた。

「修一は最高の親友だよ」

僕の言葉に、修一は驚いたように目を見開く。

それから穏やかな笑顔になって、

「バカ野郎。当たり前だ」

修一は照れくさそうにそう言った。

「じゃあ行ってくる！」

「おう！　行ってこい！」

親友と言葉を交わしたあと、僕は空港に向かって走り出した。

七瀬、どうかまだ行かないでくれ。

僕は君に言い残したことがあるんだ。

◆◆◆

「今頃、卒業式が終わってるくらいかな」

空港の保安検査場前の席に座って、私はぽつりと呟《つぶや》いた。

今日は星蘭《せいらん》高校の卒業式だった。

でも、私は本格的にハリウッド女優という夢を叶《かな》えるために、以前からアメリカに留学することが決まっていて、しかも向こうで既に受ける予定になっているオーディションの日程の都合上、遅くても今日の便で出発しないといけなかった。

「結局、桐谷《きりたに》くんには伝えられなかったな」

留学自体はかなり前から決まっていたことだから、桐谷くんには伝えようとしていた。でも、なかなか言うタイミングが掴《つか》めず、ずるずると日にちだけが過ぎて、結局は彼に伝えることができなかった。

桐谷くんには本当に申し訳ないことをしちゃったな……。

「さて、そろそろかな」

私はスーツケースを片手に立ち上がった。

もうあと少しで私が乗る予定の便の搭乗時刻になる。本来なら、もっと早く搭乗して出発できていたはずなんだけど、アクシデントで搭乗時刻が一時間ほど遅れていた。

「アメリカに行ったら今よりもっと頑張らなくちゃね」

私は一人で意気込んだあと、保安検査場に向かう。

その時だった。

「っ！」

ふと振り返る。しかし、そこでは大勢の人々が行き交っているだけだった。

おかしいな。いま誰かに呼ばれたような気がしたんだけど。

気のせいか、と思いつつ、私は再び歩き出す。

「……七瀬《ななせ》！」

やっぱり呼ばれてる！

もう一度振り返ると、大勢の人々の中から一人だけこっちに向かってきている人を見つけた。しかもその人は私がよく知っている人で、

「七瀬……やっと見つけたぞ！」

そう言って息を切らして汗だくになりながら現れたのは、桐谷くんだった。

◇◇◇

学校を出てから、バスやタクシーや電車を駆使して、二時間でなんとか空港に着いた。

交通費は、運よく今日は財布に多めにお金を入れていたから、ギリギリ足りた。

空港に着いたあと、僕はまずアメリカ行きの便の時刻と搭乗口をチェック。

あとはそれを頼りにひたすらに七瀬《ななせ》を探しまくった。

「七瀬！　七瀬！」

人目も気にせずに名前を呼び続ける僕。

おかげで周りの人からはドラマの撮影？　みたいな目で見られるし。

それでも僕はあちこち探し回りながら名前を呼び続けた。

その結果――。

「七瀬……やっと見つけたぞ！」

僕はようやく七瀬を見つけた。

「桐谷《きりたに》くん、どうしてここに……？」

「留学のこと聞いたんだ。アメリカに行くんでしょ」

「ごめんなさい。本当はちゃんと君に言うつもりだったんだけど……」

七瀬は申し訳なさそうに顔を俯《うつむ》けて、暗い表情で言った。

「いやいいんだ。確かに言って欲しかったけど、いまこうしてアメリカに行っちゃう前に七瀬に会えてるし」

それよりも時間がない。

旅立ってしまう前に、僕はどうしても七瀬に伝えたいことがある。

「七瀬、僕は一つ君に伝えたいことがあるんだけど、聞いてもらえるかな？」

「伝えたいこと？」

七瀬は首を傾《かし》げる。

しかし僕の顔を見て大切なことだと悟ったのか、彼女の表情が引き締まった。

「うん、いいよ」

七瀬から承諾を得て、僕は気持ちを落ち着かせるために少し間を空けたあと話し始めた。

「僕はね、七瀬にとても感謝してるんだ」

七瀬と出会う前の僕はつまらない日々を送っていた。

単位が取れる程度に学校に通って、学校をサボった日は一日中ゲームをしたり漫画を読んだり。

何を目標に生きるわけでもなく、ただ一日を消化していく作業を繰り返すだけ。

でも当時の僕はそれで良いと思っていたし、別に変わる必要なんてないと思っていた。

だけど、七瀬と出会えたおかげで、僕の人生は文字通り一変した。

最初は七瀬のことをとんでもないトラブルメーカーだと思ってた。

でも、一緒にいる時間が長くなっていくうちに、その場の空気に合わせてしまう僕とは違って、どんな時でも自分らしくあり続ける彼女の姿に、いつしか僕は魅了されて憧れるようになっていた。

七瀬《ななせ》みたいになりたいと、そう思うようになったんだ。

そして、そのおかげで僕は夢を抱くことができた。

夢を追う努力もできた。夢に近づく喜びも知ることができた。

七瀬と出会わなかったら、きっと夢なんて持たずに何の計画もなく大学に進学していたと思う。

だから僕は七瀬に本当に感謝している。

そう僕が伝えると、

「ううん、私なんてそんな大したことしてないよ。いまの桐谷《きりたに》くんになれたのは全部君自身のおかげだよ」

七瀬は照れくさそうに言葉を返した。

そんな彼女の頬《ほお》は少し赤くなっていた。

「それで、桐谷くんは私にありがとうって伝えにここまで来たの?」

「そうだけど、ちょっと違う」

七瀬の問いに、僕は首を左右に振った。

たしかに彼女に感謝の気持ちを伝えたかったのは事実だけど、本当に僕が伝えたかったことは他にある。

「……ふぅ」

僕は高鳴る心臓を抑えるために、一つ息をついた。

人生で初めてすることだから、緊張してきてしまったのかもしれない。

七瀬のことは最初は近づきたくないやつと思って、次に自分らしくあり続ける彼女を羨ましいと思うようになり、次に彼女が僕の中で憧れに変わって、

そして、最後には――。

「僕は七瀬レナのことが――」

言いかけて、僕は言葉を止めた。

本当は僕の気持ちを伝えようと思ってたけど、目の前にいる七瀬を見てやっぱり止《や》めた。

ここで彼女に掛けるべき言葉はそんなことじゃない気がしたから。

「……どうしたの？」

七瀬は不思議そうな表情を浮かべている。

これから彼女は夢を叶《かな》えるために海を渡るんだ。

それなら僕の気持ちなんかよりも、もっと大事なことがある。

「あのさ七瀬《ななせ》、お互い絶対に夢を叶《かな》えようよ」

「えっ……うん！　私はアメリカに行って絶対にハリウッド女優になるよ！」

「七瀬ならきっとなれるよ！　僕も必ず教師になるから」

そう言うと、僕は七瀬の前に手を差し出した。

それに対して、彼女は綺麗《きれい》な瞳をぱちくりさせてちょっと驚いた表情を見せる。

けれど、最後にくすっと笑ってから僕の手を握った。

「驚いたな。まさか桐谷《きりたに》くんから握手を求められるなんて」

「最後くらいは、ね」

そんな風に会話を交わす僕たちは自然と笑い合っていた。

「あっ、そろそろ時間だ。もう行かないと」

七瀬は空港に設置されている時計を確認すると、そう呟《つぶや》いた。

いよいよ彼女との別れの時間が来てしまったみたいだ。

「じゃあね、七瀬」

「うん、じゃあね桐谷くん」

僕と七瀬が最後に交わした言葉はそれだけだった。

七瀬はスーツケースを転がして、保安検査場に歩いていく。

そっか……。これで本当に七瀬はアメリカに行っちゃうのか……。

空港に来るまでに覚悟はしてきたつもりだったけど、彼女が遠くへ行ってしまう姿をこうして目にすると、どうしようもない寂しさが込み上げてきた。

もう少し七瀬と話したり、遊んだり、一緒に過ごしたりしたかったな。

もっと言えば、一年生の時に彼女と知り合えたら良かったな。

そんなこと思っても、今更遅いけど……。

と少し後悔をしていた、その時だった。


「桐谷くん！」

空港内に響くくらいの大きな声で名前を呼ばれた。

顔を上げると、驚いたことに、保安検査場へ向かったはずの七瀬がスーツケースを置いたまま、こっちに戻ってきていた。

「な、七瀬!? な、何やって――っ!?」

刹那、僕の頬《ほお》に柔らかい感触。

七瀬が僕の頬に優しくキスをしてきた。

初めての異性からのその行為に、僕の鼓動は跳ね上がる。

しかし、彼女は僕が何かを話し出す前に離れて、

「桐谷《きりたに》くんと過ごした最後の一年、とっても楽しかったよ！　ありがとう！」

それだけ伝えると、七瀬《ななせ》は置いてきたスーツケースがある方へ戻っていった。

一気に色んなことが起こりすぎて、僕の頭の中は混乱していた。

けど……七瀬がありがとうって言ってくれた。

彼女にとっても僕と過ごした一年は無駄じゃなかったんだ。

それがわかっただけで、安心したと同時にやっぱり七瀬がアメリカに行っちゃうのは寂しいなって思ってしまった。

「桐谷くん、バイバイ！」

スーツケースを片手に、七瀬がいつものように笑いかけながら手を振ってきた。

本当は寂しいけど、そんな我儘《わがまま》なんて言っていられない。

だから、僕もちゃんと別れの言葉を伝えなくちゃいけない。

「バイバイ、七瀬」

僕が手を振り返すと、七瀬は満足そうに顔を綻ばせてから再び保安検査場へ。

すると、七瀬はもう一回こっちに振り返って、今度も笑顔のまま大きく手を振ってきた。

「まったく、七瀬ってやつは……」

そう言いつつも、僕はまた七瀬に手を振った。

こういう時、悲しい気持ちになるのは嫌だから敢《あ》えて振り返らない人とかもいるけど、どうやら彼女は違うらしい。

別れる時でも色々と全力でやっちゃうところは、やっぱり七瀬《なな せ》レナだなって思った。

そうして七瀬の姿が見えなくなるまで見送ったあと、僕は彼女とは反対方向に歩き出す。

これが映画やドラマなら、いつか七瀬と再会することはあるだろう。

……でも、僕は何となく彼女とは二度と会えない気がした。

理由なんてないけど、僕はそう思ったんだ。

たぶん彼女も同じことを思っている。

だって最後に「またね」じゃなくて「バイバイ」って言っていたから。

もしかしたら勘違いかもしれないけど、きっとそうだ。

だから、僕は最後に胸の内で告げることにした。

彼女に最後まで伝えられなかったことを。


僕は七瀬レナのことがずっと好きでした。

そして、僕は七瀬に別れを告げた。

○エピローグ

七瀬に空港で別れを告げてから約四年後。

僕はいま夢を叶《かな》えて教師をやっている。しかも母校の星蘭《せいらん》高校で。

教育大に入学後は大学の試験やレポート、教員採用試験、卒業論文などやるべきことが多くて苦労をしたけど、何とか卒業して念願の教師になることができた。

ちなみに担当科目は日本史。

しかも、僕は一年目からクラスの担任を任されている。

なんでも学校が始まる直前に、元々そのクラスの担任をする予定だった教師が交通事故で長期入院することになったのだとか。

そのため代わりにどのクラスも受け持っていなかった僕が担任をすることになった。

……ところで七瀬だけど、空港で別れて以降、何の情報もない。

きっとオーディションとか受けているんだろうけど、海の向こうの話なのでどうなっているのか全くわからない。

でもきっと七瀬のことだ。高校の時と同じように頑張っていると思う。

「さてと、この家か」

ある日の放課後。僕はいま受け持っているクラスの生徒の自宅に来ていた。

その生徒の名前は田中健司《たなかけんじ》くん。

入学してすぐに不登校になってしまい、それから二カ月間ずっと引きこもってしまっている生徒だ。

他の教師たちからは余計なことはしない方が良い、と言われたけど、校長先生に無理に頼んで自宅訪問を許可してもらった。

「はい、どちら様ですか？」

インターホンを押すと、すぐに健司くんの母親と思われる人が出た。

ちなみに彼女にも自宅訪問の件は許可を取っている。

「すみません。健司くんのクラスの担任の桐谷《きりたに》です」

「あっ……はい」

直後、インターホンから声が聞こえなくなり、代わりに玄関の扉が開いた。

「先生ですか。どうか息子をよろしくお願いします」

「はい、わかりました。早速ですが、少しだけ健司くんと話をさせていただくことはできますか？」

「もちろんです。よろしくお願いします」

その後、健司くんの母親に案内されて二階に上がり、健司くんの部屋の前に着いた。

「じゃああとは僕に任せてください」

「すみません。お願いします」

健司くんの母親は頭を下げたあと、一階に下りていく。

その後、試しに扉が開くか確認してみたけど鍵がかかっていた。

まあそうだよね……。

「健司くん。僕は君のクラスの担任で桐谷翔《かける》って言うんだ。少し話をしないか？」

扉越しに僕はそう訊《たず》ねた。

すると、

「うるさい、教師なんかと話すことなんてない」

そんな返事が来た。

良かった。何も返されないより全然良い。

「僕はね、君を無理に学校に行かせようなんて考えてないよ。ただ少し話をしたいだけ。だからこの扉を開けてくれないか？」

「だから教師と話すことなんてないって！」

健司くんは叫んだ。どうしても彼は教師とは話したくないみたい。

「わかった。僕が勝手に話すから、君はそこで話を聞いてよ。それなら良いでしょ？」

僕の問いに、返事はなかった。

それでも僕は話を始めることにした。

「僕もさ、昔は君と似たような生徒だったんだ」

僕は高校時代の話をした。

どうしようもなくつまらない日々を送っていた僕が、学校に校則違反のパーカーを毎日着てくるような美少女に人生を変えられた話を。

彼女が言うには、引きこもること自体が悪いことじゃないんだ。

たとえ引きこもっていたとしても、自分がやりたいことができているか、自分らしく生きられているか、それが大事なんだと。

その話をすると、健司《けんじ》くんからこんな言葉が返ってきた。

「でも、俺は自分らしいとかよくわからないよ」

「大丈夫だよ」

不安げな声の彼を安心させるように言うと、続けて僕は話した。

「僕も手伝うから、一緒に君らしいを見つけようよ」

そのために僕は教師になったんだ。

生徒が自分らしい人生を送れるようになるなら、なんだってやってやる。

そう思っていると、不意に扉が開いた。

現れたのは、髪はぼさぼさで服はよれよれの青年だった。

彼が健司くんだろう。でも整えたら普通にイケメンになりそうな見た目をしている。

「本当に見つけてくれるの？」

健司くんが不安そうに訊《たず》ねてくる。

「当然だよ。僕は君の担任教師なんだから」

僕は自信を持って答えた。

すると、健司くんは少し控えめな声で、

「その……明日も来てくれる？」

「もちろん」

健司くんの問いに、僕は即答した。


「じゃあお邪魔しました」

玄関で靴を履くと、健司くんに挨拶をする。

健司くんの母親は緊急の仕事が入ってしまったそうで、いまは家にいない。

彼の両親は二人とも働いていて、家を空けることが多いのだとか。

「桐谷《きりたに》先生、一つ訊《き》いてもいい？」

「どうしたの？　なんでも訊いていいよ」

「その……さっき話してた先生の人生を変えたパーカーの女子ってどんな人なの？」

「どんなって、そうだな。学校一の問題児でとんでもないことばかりやらかす人だったよ」

「えぇ!? そうなんだ……じゃあいまは何してるの？」

「いま？　いまは……」

健司《けんじ》くんの質問に、僕は言葉に詰まった。

七瀬《ななせ》はいま何してるんだろうな……。

そんなことを思っていたら、突然スマホの着信音が鳴る。

「おっと、ごめん」

謝りつつ、スマホを確認すると、メールが届いていた。

送り主は修一《しゅういち》だった。ちなみに、彼はいま市内で自分の飲食店を営んでいる。

件名には〝緊急〟と付いている。

それを見て何かあったのか心配になって内容を確認すると、メールには『これを見ろ』と書かれており、URLが貼られていた。

一体なんだよ、と思って、僕はURLをタップする。

飛んだ先は、一つのネットニュースだった。

そして、僕はそのニュースの見出しに驚愕《きょうがく》した。

それは、とある女性が夢を叶《かな》えたことを表す記事だった。

「……よし」

僕は嬉《うれ》しくて思わずガッツポーズをした。

おかげで傍《そば》にいた健司くんには変な目で見られてしまった。

そうだ。まだ彼の質問に答えてなかったな。

「健司くん、パーカー女子はいま何やってるかって話だけど」

「うん、何やってるの？」

興味津々で訊《き》いてくる健司くん。

それに僕は笑って答えた。


「ハリウッド女優だよ」

これは桐谷翔《きりたにかける》が七瀬レナという少女によって中途半端に生きていた人生を自分の中に引《自分らし》きこもる《くある》人生に染められた――そんな物語だ。

『あとがき』

初めまして。以前から私の作品を読んで下さっていた方はお久しぶりです。三月《みつき》みどりです。

この度はあの有名すぎる『グッバイ宣言』のライトノベルの著作をさせていただき大変光栄に思っております。

今作はざっくり話すと、中途半端な人生を送っている主人公――桐谷翔《きりたにかける》が校内一のトラブルメーカーのヒロインの七瀬《ななせ》レナによって人生を大きく変えられる、という内容です。

ここで余談ですが、私は中学生の時クリスマスイブにプレゼントを渡した直後に彼女に振られて、人生を大きく変えられました。どう変えられたかはご想像にお任せします。

ちなみにプレゼントは返されませんでした……。

余談はこれくらいにしておきまして、今作は『グッバイ宣言』の歌詞に込められた本当の意味とかもわかったりすると思いますので、その部分も少し気にしつつ楽しんで読んでいただけたら幸いです。

今作を読んだ後に『グッバイ宣言』を聴いたり、『グッバイ宣言』を聴いた後に今作を読んだりすると、より一層楽しめるかもしれません。

では、最後となりますが謝辞を述べさせていただきたいと思います。

Ｃｈｉｎｏｚｏ様。今作に様々なアドバイスを下さりありがとうございました！　きっとＣｈｉｎｏｚｏ様が『グッバイ宣言』を通して伝えたい部分が読者様にも伝わるような作品になっていると思います。

アルセチカ様。とても可愛《かわい》くて素敵なイラストありがとうございます！　特にレナちゃんとか可愛すぎました！

担当編集のＭ様。執筆中にたくさん助けていただきありがとうございました。Ｍ様のお力添えのおかげで、今作のクオリティが何倍も良くなったと思っております。

出版に関わっていただいた全ての皆様、そしてなにより、今作を手に取って下さった読者様に心から感謝を述べたいと思います。本当にありがとうございました。

それではまたどこかでお会いできる機会があることを心から願って――。

MF文庫J

グッバイ宣言

2021 年 10 月 25 日　初版発行
2024 年 8 月 30 日　20版発行

著者　三月みどり

原作・監修　Chinozo

発行者　山下直久

発行　株式会社 KADOKAWA
〒102-8177 東京都千代田区富士見 2-13-3
0570-002-301（ナビダイヤル）

印刷　株式会社 広済堂ネクスト

製本　株式会社 広済堂ネクスト

Printed in Japan　ISBN 978-4-04-680840-0 C0193